Edgar A. Wenzel

Seele, tiefblau

Bibliografische Information der Deutschen Nationalbibliothek:
Die Deutsche Nationalbibliothek verzeichnet diese Publikation in der
Deutschen Nationalbibliografie; detaillierte bibliografische Daten sind
im Internet über http://dnb.dnb.de abrufbar.

Herstellung und Verlag:
BoD –Books on Demand, Norders

ISBN 9783752806465
© 2019 Edgar A. Wenzel

Seele, tiefblau

für
E. & E.

Schwarz ist der Tod.
Schwarz ist die Nacht.
Blut bleibt rot,
beweint, belacht!

Rot ist die Rose
auf Deinem Grab.
Rotes Herz, lose,
in mir ich hab´.

Schwarz ist der Tag.
Rot ist das Blut.
Auf Deinem Sarg
mein Herze ruht.

I.

Hirnunkraut

Schließe ich meine Augen, schmiegen sie sich an mich. Alle sind sie da, alle wollen sie wahrgenommen werden, sich mir zeigen, ja, mich spüren lassen, dass *sie* mich nicht vergessen haben, wie sie es auch von mir erwarten. Vielleicht aber will ich sie gar nicht sehen oder spüren. Befreit mich von ihnen, ihren scharfen Krallen, ihrem tödlichen Hunger! Befreit mich von meinen Gedanken! Auch ich verspreche, ihrer nicht mehr zu gedenken. Ich will nicht das Fleisch sein, das sie mit ihren spitzen Mündern aus modernden Knochen aussaugen. Ich will nicht ihre rauen Zungenspitzen an meinen Augenlidern spüren, will nicht das Sehen verlernen aufgrund ihrer Blindheit. Sie kriechen in das Unterholz, schleichen sich durch den Türspalt und durchwandern das Ziegelgemäuer hinter der Friedhofskapelle.

7

Meine Gedanken, sie haben sich verselbständigt, sind längst mir nicht mehr hörig...sind längst nicht mehr nur mein *Hirnunkraut*. Sie wandern dorthin, wo Licht und Wasser sie umtanzen, wo ihre Wurzeln sich endlos in neue Erde vergraben können, ohne auf einen Sarg zu stoßen.

Und ständig denken sie an mich...

Öffne ich meine Augen, kann ich sie nicht sehen. Ein unsichtbares Leid. Meine Gedanken haben ihren Weg durch zitterndes Fleisch in mein Innerstes gefunden. Stets sind sie zugegen, anwesend, *verwesend*.

Ich spüre sie kaum, habe kein Empfinden mehr. Spüre nicht den Atem des Meeres auf meiner Haut, spüre nicht die tödlichen Pfeile der Sonne in meiner Brust, spüre nichts mehr.

Um sehen zu können, muss ich meine Augen schließen. Um Dich nur einmal wieder zu sehen, schließe ich sie gerne, sei es auch für immer!

Der Tag ist tot – kahles Geäst.
Ein Totenfest im Abendrot.

Vom Wind berührt – fahles Gesicht.
Sanft ist das Licht, das zu Dir führt.

Mein Herz, es weint – wehes Gemüt.
Dein Licht verglüht. Nie mehr vereint.

Heversand, 8. September

Der Schatten vor meinem Fenster

Wenn ich aus dem Fenster blicke, auf die dicht aneinandergereihten Häuser in der sterbenden Abendsonne, die sie jeden Moment, gleich einem Grab, verschlingen wird, dann denke ich nicht an den Tag, der zu Ende geht, nicht an die anbrechende Nacht oder an den nächsten Morgen, nein, dann blicke ich lediglich in ein Licht, das mich bald alleine lässt...

Ich beobachte den Schatten vor dem Fenster, wie er wandert, sich hinfort schleicht, sich breitmacht

9

und in die Länge zieht, nur, um ja nicht übersehen zu werden, in Vergessenheit zu geraten. Ja, sie scheint sich immer noch zu bewegen, diese Welt, *mich* aber bewegt sie nicht mehr - weil *Du* sie nicht mehr bewegst! Bewegungslos also, verwahrlost und abgemagert, ist *meine* Welt, und doch: sie lebt, scheintot! Du hast Deine Farbe hübsch abgelegt und hinter der Friedhofsthuje vergraben, ehe Du Dich selbst in das gemachte Seidenpolster-Bett legtest.

> Die Sterne hast Du schon berührt,
> den Mond schon lang´ betreten.
> Die Sonne hat Dich weggeführt,
> wer hat sie nur gebeten?
>
> Durch Wolkenberge schwebtest Du,
> gehst nun auf Gottes Straßen.
> Hast in aller Still´ und Ruh´
> die Erde längst verlassen.

In Deinem Leben drehte sich alles um den Tod, doch für die Erde dreht sich alles nur um ihre eigene Achse. Wie egoistisch von ihr – doch nur auf diese Weise gibt es sie wohl immer noch. Du hingegen hast nie an Dich gedacht...

Am Ende der Welt

Erinnerst Du Dich? An diese Nacht im Winter? Weißt Du noch, wie kalt es damals war? Und kannst Du Dich noch an die Lichter der schlafenden Stadt am gegenüberliegenden Ufer erinnern? Was haben wir einander bloß alles geschworen!? Ich würde es immer noch tun, und immer noch sehe ich diese Lichter, deren Farben erst in der Kälte der Nacht scheinbar zu leben begannen. Ich sehe es vor mir, das grüne Licht am, wie es für uns schien, Ende der Welt, das doch nur das Licht einer Reklame war.

Die wahre Größe unser gemeinsamen Welt haben wir vielleicht nie wirklich erfasst – befanden wir und doch erst am Rande dieser, doch, auch Distanz schafft Größe. Das Gefühl der Unerreichbarkeit ließ uns klein, und somit alles um uns größer werden...

Die Lichter der Stadt, immer wieder muss ich an sie denken. Sie erinnerten mich an einen Friedhof zu Allerheiligen. Wir haben in der Dunkelheit des verlassenen Ufers nicht viel, und doch das Wesentliche gesehen, denn wir haben *einander* gesehen. In diesem Augenblick, in dieser Nacht, am Ufer des Lichtermeeres, am Ufer des Lebens,

Hand in Hand, unschuldig und unwissend wie der junge Tag, und doch weise wie die sterbende Nacht.

Schattenloses Leben

Wohin ist das Licht verschwunden? Wohin der Schatten? Ich lebe ein schattenloses Leben, stehe im Licht, das mich im selben Moment vergisst. Wo bin ich? Ich stehe im Leben, doch Dich kann ich nicht sehen - liegst Du doch vielmehr dem Tode zu Füßen. Dein Leben gabst Du, um Dich dem Tode hinzugeben. Ach, wie ich den ihn um Dich beneide! Lass´ mich es sein, gib´ Dich mir hin! Lass´ mich Dein Tod sein!

Das letzte Wort

Ich liebte das Leben.
Ich hasste den Tod.
Für mein Leben
wäre ich gestorben!

Wir haben einander Treue bis in den Tod geschworen, das Leben und ich, wie auch Mareen und ich es einst einander geschworen hatten. Er wird uns einholen, wird bereits am Ziel auf uns warten. Vielleicht wird er sich ein paar beschönigende Worte zurechtlegen, niemals jedoch wird er sich rechtfertigen, denn, wer sich rechtfertigt, bekennt sich seiner Schuld. Der Tod hat schließlich das letzte Wort. Leider jedoch wird es wohl niemals jemand zu Ohr bekommen.

Heversand, 11.September

Lebensblume

Jetzt blüht sie,
Deine Lebensblume,
hier, auf Deinem Grabe erst.

Doch schweigen
wird sie alle Tage,
weil zurück Du nie mehr kehrst.

Jetzt scheint sie,
Deine Lebenssonne,
durch die Wolkenmauer Dir.

Doch lachen
wird sie nie mehr wieder,
bist Du längst doch nicht mehr hier.

Heversand, 13. September

Mitternacht

Kurz vor Mitternacht. Gleich beginnt ein neuer Tag. Ein neuer Tag bloß für mein Leben, ein kleines Leben aber für den Tag. Ich gehe diesen Schritt, Hand in Hand mit diesem, und merke, wie der alte, gebrechliche Tag mich mehr und mehr zu sich zieht, Halt suchend, sich nach mir umdrehend. „Bist Du noch da? - lass´ mich nicht alleine!". *Er* hat es gesagt, noch ehe *ich* es zu ihm sagen konnte. *Er* ist der Schwächere. Dabei wollte *ich* es doch sein.

Reiß mich mit, in Dein Verderben,
ich will mit Dir geh´n!
Will an Deiner Seite sterben,
mit Dir aufersteh´n!

Der Tag weiß über seine Lebensdauer genauestens Bescheid, doch, ist Gewissheit auch immer ein Geschenk? Jeder Tag ist sein eigener Todestag. Welcher Tag wird mir wohl vom Tod zugeteilt werden? Wer weiß, ob mir überhaupt noch ein neuer Tag die Hand zum Gruß reicht? Es ist doch niemals gewiss, *wer* eine Rose ins Grab des anderen wirft...

Dieser Tag ist dennoch überzeugt davon, dass ich ihn überleben werde. Daher wird wohl seine Angst rühren. Er weiß, dass er ebenso sterblich ist wie ich.

So leben wir der jungfräulichen Zukunft entgegen. Diese weiß nicht, was sie uns bringen wird. Sie weiß nicht, wen von uns sie jemals kennenlernen wird, ja, sie weiß doch noch nicht einmal, dass sie selbst je existieren wird.

Glockenschlag...

Vor meinem Fenster liegt ein toter Sonntag.

Mondleer

Der greise Mond schwebte unsicher über uns, und ich spürte, würde er auch nur einmal die Augen schließen, er würde nie mehr imstande sein, mir sein Licht zum Geschenk zu machen, denn ich würde mich ihm nie mehr stellen. Er muss es wohl geahnt haben, denn er hielt seine Augen offen, weit über sein Leben hinaus. Seine Lider schloss der neue Tag, der ihn leblos, am Himmel hängend, fand. Man nahm ihn sanft ab vom Sternenhimmel. Dies geschah am fünfundzwanzigsten Tage nach seiner vollen Pracht, in der er sich in diesem Jahre zum ersten Male, zur achtzehnten Stunde und dreiundzwanzigsten Minute, gebar. Wahrlich, so steht es geschrieben.

Man erzählt, eine, ihren Kopf nach der mondleeren Stelle gerichtete, Rose soll sein Grab geschmückt haben.

Endloses Schwarz

Dein Bild, geliebte Mareen, hängt in meinem Kopf, auf einem Nagel, der sich tief in meine Seele gebohrt hat. Den Wellen des Meeres hält er Stand, doch der Rost frisst ihn auf...

In ein tiefes, tiefes Loch scheine ich gefallen zu sein. Nicht gestolpert dahinein, nein, gestoßen, geschlagen, geprügelt! Ich reiße meine Augen auf, kann dennoch nichts sehen. Meinen Blick wende ich nach oben, und sehe nur noch ein immer kleiner werdendes Licht. Jeden Augenblick erwarte ich einen dumpfen Aufprall - gelandet, sozusagen, doch stattdessen nimmt mich die Dunkelheit auf, wie ein hungriger Wolf einen Bissen Fleisch, als welcher ich mich jetzt auch nur mehr fühle. Ich versuche mich wiederzufinden, habe mich verloren, *bin* verloren! Oder bin ich gar jemanden verloren gegangen? Dir etwa, Mareen?

Der kleine Lichtpunkt weit über mir verliert sich ebenfalls im endlosen Schwarz. Ausblende.

Aufblende über Weiß

Die Sonne blinzelt mit immer stärker, aufdringlich werdender Arroganz durch den Vorhang. Ich begebe mich heute zum ersten Mal zum Fenster, ziehe den Vorhang, der doch nur ein ins Fenster eingeklemmtes Leintuch ist, zur Seite, um hindurchzublicken, durch dieses *Leichentuch*, das mich verhüllt. Ich weiß nicht, wer wen zuerst wahrnimmt, aber plötzlich stehen Sonne und ich einander gegenüber. Mein Blick wendet sich als erster ab – ich habe das Spiel – habe *ihr* Spiel – verloren!

Nun, am geöffneten Fenster sitzend, starrt mein Blick in eine taubstumme Leere. Obgleich es doch so viel Schönes zu sehen, zu hören gäbe. Ich schließe meine Augen für einen Moment, und öffne sie erwartungsvoll wieder. Leere. Die Sonne, Zeugin meiner Vergangenheit, war nicht immer zugegen in meinem Leben und doch hat sie mich nie aus den Augen verloren. Sie ist wohl auch eine kleine Göttin für uns Menschen, der wir hier in dieser Welt ausgesetzt sind. Sosehr sie es vielleicht auch will, sie kann beim besten Willen nicht allen Menschen auf dieser Welt im selben Moment ihr Licht schenken.

Gott hat wohl sein Ebenbild in ihr erschaffen, um an ihr die Unmöglichkeit des Allzeit-Zugegen-Seins zu demonstrieren! Gewiss, Gott und seine Sonne sind stets wach, schlafen nie und niemals auch nur eine Sekunde, dennoch – was bringt ein aufmerksamer Wachhund am Hof des Nachbarn, wenn in meinem Haus eingebrochen wird?

Schatten auf meinem Schreibtisch. Wo ist die Sonne nun? Am anderen Hofe? Eine Wolkenmauer nimmt ihr die Sicht auf mich, gestattet mir endlich die Sicht auf sie, hinter grauem Nebel hängend.

Ich senke meinen Blick, und sehe auf rote Dächer dieses mir fremd gewordenen Dorfes. Rote Dächer eines fremden und zugleich vertrauten Ortes. Eine Wolkenmauer schützt mein hilfloses Dasein in dieser fremden Welt. Ich wende meinen Blick ab von ihr, drehe mich weg vom Fenster. Dennoch spüre ich sie, diese fremden Blicke, die sich durch den grauen Himmelsvorhang brennen, als warteten sie nur darauf, dass dieser sich endlich öffne, und mich ihnen am Opfertisch darböte.

Ferner Welten starre Blicke
peitschen mir den Rücken aus.
Dreh´ mich um, in tausend Stücke
fällt mein Sein zur Welt hinaus.

Rote Dächer fremder Orte
blicken selig auf mich hin.
Dumpf im Nebel, tote Worte
schweigen, dass ich hilflos bin.

Ich blicke hinab vom Fenster, auf ein paar alte Fischer, die sich gerade an meinem Haus vorbei bewegen. Einer von ihnen, jener mit der weinroten Strickjacke, Frederik heißt er, glaube ich, geht nicht im Gleichschritt mit den anderen. Ob er weiß, dass ich mich an ihn erinnere? Ich habe ihn schon oft an meinem Fenster vorbei streunen sehen, und jedes Mal frage ich mich, ob es nicht ein alter Bekannte meines Vaters sein könnte. Ob er somit nicht ein Stück meiner Vergangenheit, an die ich selbst mich nicht mehr erinnere, in sich trägt. Ein Stück meines Lebens, als mein alter Herr noch unter uns weilte? Ich glaube nun, bei genauerer Betrachtung, dass es sich gar nicht um Frederik handelt, ja, ich glaube sogar mich zu erinnern, letztens an dessen Grabe vorbeigegangen zu sein.

Der Herbst naht

September, horch, der Herbst schon naht,
den Wind schickt er voraus,
und bald schon fliegt er aus,
es bleibt Dir nicht erspart.

Im Nu umtauscht ein Blättermeer
Dein liebliches Gemüt -
so sehr es sich bemüht,
es setzt sich nicht zu Wehr!

Es ist September, nicht mehr Sommer und doch auch noch nicht Herbst - so fühlt dieser Ort. Es ist September, nicht mehr Leben und doch auch nicht Tod – so fühle ich.

Ich will das Haus verlassen, will auf den Wegen dieses sich im jahreszeitlichen Niemandsland befindlichen Ortes einen Fuß vor den anderen setzen, und sehen, welcher zuerst aufgibt.

Meine Zeilen beende ich hier, um mich also tatsächlich aus dem schützenden Gemäuer zu wagen, um vielleicht zum toten Baum bei der Kirche zu gehen, und ihm einen Gruß des Lebens zu übermitteln, oder aber auch nur, um, dem Opfertisch entflohen, die Sonne aus der ersten Reihe mit Applaus zu begrüßen, wenn der Vorhang fällt.

Heversand, 14. September

Regentropfen auf meiner Haut

Es fing an zu regnen an, als ich schließlich doch erst heute Morgen das Haus verließ. Und dennoch setzte sich die Sonne durch. Ich trat den Weg zum Meer an, und musste zwangsläufig innehalten, als ich diesen Regenbogen plötzlich über der alten

Friedhofsmauer erblickte. Ich sah zum Himmel, ließ mich auch nicht vom Regen, der mir den Blick dahin verwehren wollte, daran hindern und wusste, in Anbetracht des Regenbogens, augenblicklich, wer mir die Farben meines Lebens aus den Augen gesogen hatte.

Unweit ein weites Meer. Scheinbar endlos, wie auch der Weg dahin. Ich sah meine Umrisse, meine Schatten am nassen Steinboden, mir zu Füßen liegend, sah mich, meine Füße sich heben und senken. Mein Gesicht konnte ich nicht erkennen und nicht das Leben in meiner Gestalt. Ich wusste, dass ich es war, der sich hier im nassen Boden widerspiegelte, und nur darum schien ich mich wohl wiederzuerkennen. Wie viel unseres sogenannten Wissens ist uns doch nur gegeben aufgrund unserer Gewissheit?

Zum ersten Mal seit langer Zeit fühlte ich den Wind, die Regentropfen auf meiner Haut. Sie war also doch noch nicht ganz abgestorben. Wie wohl auch ich nicht...

Berührst Du mich,
oder ist es bloß der Abendwind?
Bist Du hier?

Verführst Du mich,
oder ist es ein Gedankenkind,
tief in mir?

Ich küsse Dich,
oder auch nur den Sommerregen
auf meiner Haut.

Begrüße Dich
auf all´ meinen nächtlichen Wegen,
ewig vertraut.

Ich nehme wahr, und werde wahrgenommen. So zumindest ziehe ich den Schluss, wenn mir entgegenkommende Menschen aus dem Wege gehen. Sie müssen mich doch sehen. Sie weichen, von unsichtbaren Weichen geführt. In meinem Kopf: Verblutende Stille.

Wer oder was aber lässt mich nun tatsächlich wissen, dass ich noch am Leben bin? Wer oder was flüstert es mir zu, wagt es, diese Stille zu durchbrechen?

Eine silbergraue Möwe!

Sie kreiste über meinem Kopf, hätte wohl so viel zu erzählen gehabt. Kreischend glitt sie mit edler Geste über mir, ließ sich, wie es schien, vom Winde zurücktragen, nur um wieder und noch lauter über meine lebenden Überreste ihren Schrei in meine ungewisse Welt loszulassen.

Auch sie hatte mich also wahrgenommen, sah mich erbärmlichen Punkt, weit unter sich, scheinbar nur langsam sich fortbewegend in Richtung Meer. Sie wusste, dass ich das Meer nicht erreichen würde. Sie wusste es, weil sie mich ansah, und erkannte, dass ich viel zu schwach dafür sei.

Ich bin nicht fähig, Heversand zu verlassen. Mein Haus habe ich ja kaum verlassen, seit...

Dieses Ziegelhaus mit seinem Reetdach, das eine fröhliche Maske trägt. Doch durch diese Maske blicken leblose Augen. Und sie blicken nicht einmal auf mich, nein, sie blicken in den Himmel, als trüge er die Schuld für ihr Leid.

Ich habe mich hier eingesperrt, in der Hoffnung, mich in dieser Isolation wiederzufinden. Alte Mauerreste meines Lebenshauses darin zu bergen, das war wohl meine eigentliche Hoffnung. Sie sollten Teil einer neuen Mauer werden. Diese Mauer wollte ich mir aufbauen, Stück für Stück, und sie sollte mich schützen. Doch wer weiß, ob der Feind sich nicht schon innerhalb des schützenden Gemäuers befindet?

Ich sitze wieder an meinem Fenster. Es regnet nun immer stärker, Heversand ist menschenleer. Jetzt erst hätte ich das Haus verlassen sollen, doch bin ich längst bereits zurückgekehrt.

Ich habe seit Tagen kein Wort mehr gesprochen.

Der Dunkelheit entfliehen, und dem Licht entgegenfliegen? Das klingt so schön. Wenn es auch so einfach wäre. Ich habe noch nicht einmal Flügel. Ich kann nicht fliegen. Hast Du nun Flügeln, Mareen? Könnte ich fliegen, getragen werden von unsichtbaren Schnüren, gleich einer Marionette, würde wohl ein Blitz mir diese Schnüre durchbrennen. Dann jedoch flöge ich – wenn auch das erste und zugleich letzte Mal – tatsächlich durch die Lüfte, haltlos und doch, nein, gerade deswegen, frei...

Freier Fall, die Sonne im Rücken. Ich drehe mich um meine eigene Achse, den Rücken zur Erde, in die Sonne blickend. Kopfüber und senkrecht. Wind zwischen den Fingern, Wind im Haar, Wind in den Augen. Wind spielt mit den Blättern, Wind spielt mit den Blumen, Wind wirbelt die lose Erde durch die Luft - am offenen Grabe.

Septemberwind

Ich habe geglaubt. An uns. An Mareen und Emil. Habe an das gemeinsame Haus am Meer geglaubt. *Unser Haus* hätte es sein sollen. Mit einem kleinen Garten, eingezäunt von weißem oder blauem Zaun.

Ja, und nun habe ich zumindest gehofft, Dich vergessen, Dir entfliehen zu können. Doch nicht einmal dies scheint mir vergönnt. Mareen, ich habe Dich nicht halten können, so
lasse denn auch Du mich los!

Septemberwind umweht mein Herz,
das glüht, weil Du es liebst,
ihm zarte Hoffnung gibst,
es an uns glauben lässt.

Ich halt´ im Traum Dich fest,
und schau´ in Dein Gesicht,
doch Du erkennst mich nicht,
starrst schweigsam fragend himmelwärts.

Windspiel

Mit Deinem Haar spielten Deine Finger immerzu, wenn wir auf unserer Bank saßen. Der Wind mischte sich ungefragt in dieses Spiel ein, ließ jene Deiner langen braunen Haare, die er Deinen Fingern entreißen konnte, durch die Luft und lieblich Dir ins Gesicht wehen. Ja, wir waren nie ganz alleine - der Wind war stets Anteil nehmender, doch ungebetener Geselle...

Deine dunklen Haare, Deine Locken und die Blume darin. Dein grünblaues Kleidchen und Deine zarten Hände. Wurdest Du müde vom Spiele mit den Haaren im Winde, so ließen Deine zarten Hände sich langsam in den meinen nieder, ruhten darin, schienen, zugleich Schutz vom Winde suchend, sanft darin einzuschlafen.

Er war nie Feind, der Wind – und doch nicht willkommen. Ihm aber verdanke ich vielleicht die Erinnerung an jenen Moment am Ufer.

Nicht nur Deine Hände suchten Schutz vor dem spätsommerlichen Meereswind, der mit seinen salzigen Lippen Dein Gesicht mit Küssen zu bedecken suchte. Du tratst an mich heran, heilig, wie eine dieser bunt bemalten Marienstatuen in den hölzernen Kirchen am Deich, und blicktest mir in die Augen. Ich erinnere mich noch an salzige Tropfen auf Deinen Wangen, an das Glänzen in Deinen Augen. Ein Glanz, der in diesem Moment nur mir gehörte, den ich zuvor – und auch seither – nie wiedergesehen habe. Ein Leuchten, das Du nur mir schenktest, ein Leuchten, das weiter als das Licht des neuen Leuchtturmes in der Bucht zu strahlen imstande war. Doch ich hatte es eingefangen, ehe es den Weg über dem Kopf des Meeres hinweg finden konnte. Ich war das umherirrende Schiff, habe das Licht wahrgenommen und schließlich zu Dir gefunden. Ich umarmte Dich, wie ein schiffbrüchiger Bootsmann einen im Wasser treibenden Baumstamm. Du verkrochst Dich in meinem Mantelkragen und nun war ich es, der sich mit Deinem Haar spielte.

Noch heute spüre ich die Salzkörner in Deinen Haaren, Dein Gesicht unter meinem Mantelkragen, und jeden Morgen Deinen Atem an meinem Hals. Ich spüre auch noch den Wind, der mir den Rücken auspeitschte, seinen Zorn an mir entlud. Doch ich ließ Dich nicht los, gab Dich ihm nicht, warst Du doch *mein* Mädchen. Ich wusste, dass er all unsere Gespräche mit angehört hatte, doch auch, dass er unser Geheimnis nie verraten würde können, wohin er es auch trüge. Ich hoffte, dass niemals jemand seine Sprache zu verstehen imstande sein würde. Heute schließlich wünsche ich mir doch manchmal, dazu fähig zu sein. Wie gerne würde ich mit dem Wind über Dich, mein Mädchen, Erinnerungen austauschen! Wie gerne wüsste ich, woran *er* sich erinnert. Ob er Deine langen, gelockten braunen Haare bereits vergessen hat? Ob er gar von ihnen noch träumt?

Ich versuche, Dich jeden Tag erneut zu vergessen – doch jeder Traum erinnert mich gleich wieder an Dich. Dem Wind schenke ich Dein Bild, doch das Meer bringt es mir zurück. Und die Möwen lachen mich aus und singen ihr Lied...

Kalter Sand,
die Luft erstickt im Salz
Ein Schrei aus meinem Hals.
Meine Hand...

...hält Dein Bild,
wie mein eigen Kind,
dann schenkt sie es dem Wind,
der sich spielt.

Über's Meer
der Wind trägt meine Last,
von mir nicht mehr gehasst.
Frei ist er!

Augen zu!
Erlöst von meinem Leid,
hab' ich nach langer Zeit
endlich Ruh'!

Schwarze Nacht.
Die Wellen, sanft und mild,
haben mir ihr Bild
zurückgebracht.

Dann erst sehen wir zum Himmel

Warum nur gebe ich mich dem Leben hin? Was macht es aus, das Leben? Habe ich es gefunden oder ist es umgekehrt der Fall? Und, nur, weil ich etwas finde – gehört es deshalb auch gleich mir? Hat mich das Leben also gefunden – wer hat mich dann verloren? Wer von uns hat das Vorrecht, die Macht über den anderen?

In allen Momenten Deines
scheinbaren Lebens
wird einer Dich stets verfolgen -
der Moment des
unscheinbaren Todes.

Ich lebe mein Leben, doch hält es an seiner Hand auch stets den Anderen, den Fremden. Auch wir werden ihn alle noch kennenlernen. Er ist uns nicht vertraut – ist wie ein fremder Mensch, wie ein Fremdkörper, den man nicht akzeptieren will oder kann. Man muss den Umgang mit ihm erst lernen. Und doch gehört er zum Leben wie die Regentropfen zu den Wolken, wenn man sie meist auch erst wahrnimmt, sobald sie die Erde berühren. Sie waren schon lange zuvor vorhanden!

Was wir mit diesen auf der Erde landenden Regentropfen wahrnehmen, ist doch eigentlich nur das Ende eines langen, schon viel früher begonnenen Prozesses. Dass wir es als solches nicht schon eher wahrnehmen, liegt einzig daran, dass wir unseren Blick nicht nach oben richten.

Der Tod beobachtet uns schon von der ersten Sekunde unseres Lebens an.

Es ist wie mit Thomas Bernhards Anstreicher in einer seiner Kurzgeschichten, der erst dann wahrgenommen wird, als er vom Gerüst fliegt. Erst dann nämlich schauen die Passanten hinauf, obwohl der Anstreicher dort ja nicht mehr, sondern nun vielmehr zu ihren Füßen liegt.

Windschatten

Das Leben schleppt sich voran, und ständig den Tod mit sich. Dieser krallt sich von der ersten Sekunde an in seinen Rücken. Im Windschatten kann man ihn manches Mal wahrnehmen. Dann nämlich stellt er sich derartig günstig neben das den Wind auffangende, und ihn also behütende, Leben, sodass man in besonders ruhigen Momenten seinen Atem zu vernehmen im Stande ist. Solche Momente gehören zu den seltenen im immer viel zu lauten Leben.

Im Schatten des Windes,
nicht da und nicht dort,
das Atmen des Todes,
erhallt immerfort.

Wie Wachs ist zerronnen
sein trauriges Lied,
der Tod hat gewonnen,
das Leben verschied.

Ich habe ihn atmen hören, habe seinen immer
schwächer werdenden Atem vernommen, bin
daran erschrocken, und habe ihn schließlich mit
meinem eigenen heftigen Atem der Angst
übertönt.
Als ich mich beruhigte, und sogar, sehr zur Freude
des Todes, für eine kurze Zeit lang den Atem
anhielt, war es – im wahrsten Sinn des Wortes –
totenstill.

Schattenloses Leben

Nicht mein Leben alleine gibt mir die Möglichkeit
eines Neubeginns, einer zweiten Chance, nein, es
beruht auf Gegenseitigkeit! Wo war ich, als ich
Mareen noch nicht kennengelernt hatte, wo
danach? Und wo bin ich jetzt? Ich muss versuchen,
ohne sie zu leben, wie ich es schließlich auch
geschafft habe, bevor ich Mareen getroffen habe.
Doch, will ich mein Leben zwischen dem Zuvor
und Danach ausblenden, es annullieren etwa? Ein

kläglicher Versuch der Selbstrettung, ein noch erbärmlicherer, schneller zu sein als mein Schatten. Doch seinen Schatten wird man bekanntlich nicht los.

Ob die Sonne, der Mond, das Licht einer Grabkerze, ja selbst das Leuchten Mareens Augen – jedes Licht bringt meinen Schatten zum Vorschein. Freilich, um meinem Schatten zu entfliehen, kann ich mich mein Leben lang in der Dunkelheit aufhalten, doch dieses Leben würde noch viel eher ein jähes Ende finden, denn ein Leben ohne Licht ist nicht möglich, wie auch nicht ein Mensch ohne Schatten. Die einzige Möglichkeit eines schattenlosen Lebens ist der Tod. Will ich nun ein Leben mit Schatten, oder einen schattenlosen Tod?

Ich atme – und der Himmel atmet mich ein.
Ich weine – und fließe aus toter Wolken Augen.
Ich kämpfe – und alles ist gegen mich.
Ich bin – und ich werde sein gelassen.

Ein hilfloser Blick aus meinem Fenster verliert sich im mittlerweile in der Dunkelheit erstickten Nebel. Über die Dächer Herversands sendet mir das Meer einen kühlen, in sein Salz getränkten, Gruß, der mich jedoch nicht mehr erreicht, da ich das Fenster bereits geschlossen habe...

In ihrer Einsamkeit, sagt man, wurden noch zur selben Stunde ein paar am Fensterbrett sterbende Meersalzkörner von einer Möwe aufgepickt. Von einem Gruß des Meeres will selbige jedoch nichts vernommen haben.

Stern

Ein stiller, tiefer See,
und ich geh´
d´rum herum.

Von kaltem Wind umweht,
und es fleht
mild und stumm

mein Herz nach Deiner Gunst
und der Kunst
ewiger Lieb.

Du klarer Stern in mir
was von Dir
mich vertrieb?

Ihrer Augen Grün

Ich liege auf meinem Bett und nehme einmal mehr mein Dachzimmer als solches ganz neu wahr. Ein Gemälde eines unbekannten Malers aus dieser Gegend über dem Tisch. Mein Vater hat es mir einmal geschenkt. Darauf zu sehen: Ein Mann, auf einem Feld sitzend, neben ihm ein aufrecht stehender Junge, der auf etwas zeigt, das im Bild nicht mehr zu sehen ist. Man kann es sich nur dazu denken. Was mag es wohl gewesen sein, das der Maler dieses Bildes vor sich sah – oder zumindest den Jungen sehen ließ?

Wie oft habe ich nicht schon an etwas gedacht, das außerhalb meines Blickfeldes lag. Meine Zukunft etwa...

Ich sitze geschwächt auf einem Feld, neben mir stehend: Mareen. Wir blicken beide auf eine Gestalt, die wohl die Zukunft sein mag, denn sie hat grüne Augen, wie sie sonst nur aus der Hoffnung leuchteten (ehe sie starb). Wir blicken in ein endloses Grün, und wir blicken in dieselben Augen, wenn vielleicht auch aus anderen Blickwinkeln. Unsere Blicke durchbrechen den Bilderrahmen, blicken darüber hinaus, durchschlagen die Mauern des Zimmers, schweben über den Dächern Heversands hin zum Meer, um sich bei ihm für nie angekommene Grüße zu bedanken. Unsere Zukunft hat uns aus den Augen verloren. Das Meer aber, das weiß sie, ist hier immer gleich hinter den Dächern der Häuser zu finden...

II.

Von Angesicht zu Angesicht

Meine Betrachtungen entschliefen in dieser Nacht, mit starren, offenen Augen. Zum ersten Mal habe ich die Existenz der Traumwelt bewusst wahrgenommen, denn zum ersten Mal habe ich nichts geträumt in dieser Nacht. Erst jetzt vermisste ich etwas, wie man nur etwas Vertrautes, das plötzlich nicht mehr zugegen ist, vermissen kann. Etwas wie Mareens Lächeln etwa...

Was immer ich der Zukunft auch vorwerfen will, eines sei jedoch gesagt: Sie überfällt mich niemals hinterrücks, liegt sie doch stets unterwürfig und geheimnisvoll *vor* meinen Füßen. Ihr Geheimnis offenbart sie erst, wenn sie zur Gegenwart *erstirbt*. Alsdann richtet sie sich auf, stellt sich mir gegenüber, *stellt sich* mir. Ein fairer Kampf, von Angesicht zu Angesicht!

Ich, aus der Vergangenheit kommend, bringe zudem noch viel mehr Lebenserfahrung mit, hatte vielmehr Zeit und Möglichkeiten, mich auf diesen Kampf vorzubereiten. So kämpfe ich, allem Anschein nach, gegen eine viel schwächere Kraft an. Ein, scheinbar zu meinen Gunsten ungleicher Kampf, den ich dennoch verlieren werde!...

Und schließlich treffen wir aufeinander. Nicht aber sie wird es sein, die mir entgegengeht, sondern *ich* werde mich ihr nähern. Sie weiß, dass ich ihr nicht weichen kann – es gibt nur diesen einen Weg, vorbei an ihr. Sie wird am Straßenrand stehen und warten, bis ich sie anspreche. In kurzem Kleide und mit aufforderndem Blicke wird sie mir keinen Preis nennen, denn sie selbst ist der Preis, den ich gerne bezahlen werde, für einen Blick in dieser Augen Grün.

Des Lebens toter Geist

Regen fällt hernieder, wieder
weint die Sonne tausend Seen.
Schwarzgestimmte Lebenslieder
lassen Seelen untergehen.

Oh, Du Hoffnung dunkler Stunden,
sanft wiegst Du mich in Dein Licht.
Dennoch wirst Du mich verwunden
vor dem göttlichen Gericht.

Wenn ich nicht einmal mehr auf Hoffnung zählen kann, wer reicht mir dann seine Hand in dunklen Stunden? Meine Hoffnung hat einst ihre schönen Augen für immer geschlossen.

Wir sind alleine. Im Innersten alleine. Am Ende gibt es doch nur eine letzte Türe, durch die man einzeln zu gehen aufgefordert wird. Einer nach dem anderen. Der nächste bitte!

Ich ließ meine Träume – ja, ich hatte sie wieder – liegen, sich *austräumen*, denn ich wollte das Ende ihrer Phantasie auch gar nicht erfahren. In ihren Köpfen wollte ich nicht mehr das hilflose Tier auf deren Schlachtbank sein. Eines Tages wohl durchschneide viel eher *ich* selbst diese Schnüre, die mir an Kopf, Händen und Füßen festgemacht sind, doch werde wohl auch nicht fliegen, sondern viel eher leblos zu Boden fallen. Und wieder wird der Blick nach oben erst hernach erfolgen, doch ich werde auf dem Boden liegen, zwischen den Schuhen der zum Himmel Blickenden. Entstellt im Gesicht und doch geschmückt mit einem Lächeln.

Das Salz des Meeres

Ich verließ also heute am frühen Morgen gesenkten Blickes das Haus, ohne mich umzusehen. Vor meinem Haus lag eine tote Möwe in eine Lache Regenwassers.

Mein Ziel war das Meer. Ich wollte, musste es sehen, es spüren. Es sollte mich spüren. Der Gedanke an es ließ mich für einen kurzen Moment meine Angst vergessen, noch viel mehr, es schien mir den Gedanken daran mit seinem Salz aufzusaugen.

Übrig blieben die Gedanken an Mareen. Auch neulich hatte ich dieselbe Stelle am Meer aufgesucht. Es war der Tag, an dem Mareen mich verlassen hatte, und der Weg zum Meer war der erste, den ich ohne sie an meiner Seite antrat, wie es nun auch der letzte sein sollte. Damals, wie heute, hoffte ich, im Meer einen schweigsamen Zuhörer zu finden. Heute aber traf ich das gesuchte, rauschende, Meer nicht an, sondern lediglich das stumme Wattenmeer - Grund des Meeres, Grund meines Leides. Dabei hätte ich dem Meer doch so viel zu sagen gehabt! Ich musste es loswerden. Ich war außerstande, diese Last gar wieder zurückzutragen. Und wenn ich sie nicht dem Meer übergeben könne, so vergrübe ich sie im Wattenmeer, hatte ich mir geschworen...

Atem der Unendlichkeit

Und dann stand sie plötzlich hinter mir. Diese Gestalt, im Morgengrauen, im Regen. In den Tränen des jungen Tages, der die sterbende Nacht beweinte.

Wo waren meine Gedanken? Wo mein Schatten? Niemals wichen sie auch nur einen Schritt meines Pfades – in diesem Moment aber ließen beide mich alleine.

Ich hatte das Meer noch nicht gesehen, wie es auch mich noch nicht gesehen hatte. Ich war noch nicht tot, nein, ich war am Leben. Und ich wollte warten, auf das Meer, und mit ihm gehen.

Ja, ich hatte beschlossen, meinem Leben ein Ende zu setzen. Ein wichtiger Moment im Leben, der zugleich aber nur sehr wenig mit diesem zu tun hat. Eine Entscheidung, die ich getroffen hatte, die mir Mut und beständigen Willen abverlangte, und die ich nun ausführen wollte – und will...

Ich weiß nicht, wie lange dieser Mensch schon hinter mir gestanden haben mag. Der Himmel trägt eine eigene Farbe, wenn zwei Menschen zur selben Zeit, Tod beziehungsweise Leben am selben Ort aufsuchen. Ein und derselbe Ort kann im selben Moment zugleich Ort der Begrüßung und aber auch des Abschiedes sein. Ich wollte mich verabschieden, er wollte es willkommen heißen. Ich wollte sterben, er wollte leben.

> Ich wandle entlang
> einer Meeresküste,
> und starre zum Mond,
> der sich zu mir gesellt.

> Als ob er darauf
> eine Antwort wüsste,
> ob es sich lohne
> zu lieben die Welt.

Längst schon sollte ich tot sein, denn ich liebe diese Welt ohne Mareen nicht mehr! Wer hat ihn zu mir geschickt? Wer ist dieser Mensch? Wir haben nicht sehr lange gesprochen, und doch habe ich den Eindruck, diesen Menschen schon sehr gut zu kennen. Als wäre er der Protagonist einer Erzählung, den ich, nach oftmaligem Genusses dieser, schon sehr gut zu kennen scheine, tatsächlich aber persönlich nicht kenne. Er ist der einzige Mensch, dem ich von Mareen erzählen konnte. Vielleicht sollte es noch so sein, ehe ich meinen Weg antrete.

Ein kleines Leben lang

Nacht der Erkenntnis,
erkennst Du uns nicht?
Dein stilles Geständnis
erlöscht unser Licht.

Tausende Welten,
sie trennen uns zwei,
und all´ diese gelten
als Tode dabei.

Nacht zweier Seelen,
sie finden sich nicht.
So sehr sie sich quälen,
der Glasmond zerbricht.

Hoffnung uns Willen
begleiten ein Stück
die Nacht, doch im Stillen
kehr´n bald sie zurück.

Ich habe es versucht, alleine gelassen, zu überleben. Habe mich zurückgezogen, in mein Haus, habe versucht, der Bedeutung meines Lebens wieder gerecht zu werden. Doch, wenn ich ein Versprechen nicht zu halten imstande bin, ziehe ich Ehrlichkeit vor. Ich belüge niemanden.

Mich selbst habe ich nur zu oft belogen, mir selbst habe ich eingeredet, dass zu überleben es möglich sein könne. Doch, wie will ich über Leben sprechen, wenn ich nicht einmal schweigend *überleben* kann!?

Ich habe nichts mehr verloren auf dieser Welt, denn alles, was für mich zu verlieren war, habe ich bereits verloren!

Seit Mareen gegangen ist, schwieg und schweige ich, spreche ich zu niemanden, und doch spricht man zu mir. Ich höre sie. Nein, es ist nicht meine Stimme. Diese Stimme – nein, diese *Stimmen* sprechen zu mir. Unzählige sind es, die auf mich einreden, und schließlich zu *einer* gewaltigen Stimmenflut verschwimmen.

Ich gehe in der Nacht zum Meer, und sie sprechen mich an. Hinterrücks, nein, von der Seite, oder doch mir direkt ins Gesicht? Sie schwirren um mich herum! Wo sind sie? Ich kann sie hören. Wo sind sie nur? Über mir? Ich drehe und drehe mich herum, doch ich bin alleine. Nein, bin es nicht!

Kenne ich die Stimmen? Sie verschwimmen im Rauschen des Meeres. Meine Schritte werden schneller, immer schneller, ich laufe hinunter zu den großen Steinen am Ufer, drehe mich um, blicke aufgebracht in jede Richtung. Rauschen, Summen, Stimmen in meinem Kopf! Und plötzlich: Stille...!

Einzig das leise, gleichmäßige Rauschen des verstummenden Meeres. Ich setze mich auf einen Stein, und erstarre in der Einsamkeit, die mich augenblicklich wieder übermannt. Und dann höre ich sie, ihre Stimme: Mareen! Ich kann sie ganz deutlich hören, nicht jedoch ihre Worte verstehen. Ein Samtband legt sich auf mein Gemüt. Ich schließe meine Augen. Meine Hände lösen sich voneinander, erheben sich gegen den Himmel. Ich spüre den Wind auf den Augen, höre das Meeresrauschen und auch meinen Atem nicht mehr, vernehme nur noch die Stimme, die der Wind mit sich trägt. Ich schließe meine Hände, kann ihn dennoch nicht einfangen, den Atem der Unendlichkeit. Eine mir ach so vertraute Stimme legt zarte Worte auf meine Augenlider, lässt mich alles vergessen. Für einen Augenblick nur. Für ein kleines Leben lang.

Dreifaltigkeit

Ich ergebe mich Euch, liege Euch zu Füßen. Für Euch hebe ich mein Grab am Ufer, nahe den Birken, aus. Ich liebe ihn, den sandigen Waldboden, liebe es, durch den Wald zu gehen und Meeresluft einzuatmen. Euch, Birken am Meeresufer, Dir, Meer, am Birkenwald, will ich zu Füßen liegen. Lasst mich Teil der Dreifaltigkeit sein. Meer, Baum, Mensch. Ihr braucht mich, wie ich Euch brauche. Ihr seid Teil meines Lebens, meines Todes! Ihr seid viel mächtiger als ich, Ihr habt die unbefangene Natur hinter Euch stehend, Ihr seid zu zweit. Auf Euer Wohlwollen, auf Eure Gunst bin ich angewiesen. Nehmet mich auf in Eure Mitte. Teilet Eure Abendsonne mit mir. Mein Leben will ich Euch geben dafür...

Hand in Hand

Heute ist mein Todestag. Ein letztes Mal erwacht, ein letztes Mal einschlafen.
Ich habe Angst!
Heute - jetzt! - sollte ich schon erlöst sein vom Los des Lebens, sollte ich das Leben loslassen. Heute, jetzt, sollten wir längst schon, Hand in Hand, den

Tanz der Wiedervereinten auf salzigen Wellen tanzen. Wir, Mareen und Emil...

Meine Hand in Deinen Händen,
schwerelos mein Körper schwebt,
umgeben zart von Meereswänden,
als hätte ich erst jetzt gelebt.

Deine Augen treuevoll
vom Wellenklang in Glanz versetzt.
Ob ich je erwachen soll?
Hast Du mich schon längst verletzt?

Lass´ mich einen Tanz noch Träumen,
flieh´ mit mir in diese Nacht,
Die Sterne soll´n den Weg uns säumen,
bis einst des Lebens Glut entfacht.

Doch wir tanzen keinen Tanz, nein, stattdessen liege ich mit gebrochenen Beinen und gebrochenem Herzen im Feld hinter dem Deich. Wird Dich ein Anderer auffordern zum Tanze? Wirst Du meine Rufe nach Dir wahrnehmen? Ich träume oft davon, Dich noch ein zweites Mal verlieren zu müssen... Was, wenn der Tod Dich losließe, Dich weitergäbe, Dir die Freiheit schenkte, zu gehen? Würdest Du zurückkehren zu mir? Würde eine andere Hand Dich vorschnell zu sich ziehen und Deine Sinne betäuben, Deine Gedanken an mich auslöschen, töten?

Ja, am meisten habe ich doch nur Angst davor, dass Du mich je vergessen könntest, nicht mehr länger warten wolltest auf mich..., dass Du zweifeltest an meinem Versprechen, Dir zu folgen.

Herbstlichts Schwester

Ich aber werde immer an Dich denken, wenn der Nebel sich erhebt von den Feldern hinter der Windmühle, von der endlosen Ebene hinter dem Meer, werde immer an Dich denken, wenn das Licht des Herbstes mich berührt und ich von seinem Nebel in dessen Träume gewiegt werde, als gelte es, eine Nacht, eine allerletzte Nacht noch zu durchwachen, ehe ich dem endlosen Schlaf verfiele.

Stets werde ich an diese Zeilen denken, die ich für Dich in mein Herz brannte, nur einen Tag vor Deinem Tode...

Nebelschwaden schlummern nochmal,
verfärbt das grüne Laub.
Zärtlich berührt vom Sonnenstrahl,
ein Blümlein erhebt sich im Staub.

Nebelfeuchte auf meiner Haut,
ich wandle sanft durch´s Nichts.
Wie lieblich Dein Wesen mich anschaut,
Du Schwester des herbstlichen Lichts.

Kind des Meeres

Mareen. Wann werde ich wohl zum letzten Mal
diesen Namen aussprechen oder niederschreiben?
Mareen, die *zum Meer Gehörende*. Als hätte das
Meer nun endlich sein Recht eingefordert...
Ich habe es geliebt, Deinen Namen auszusprechen,
Mareen, und Dir dabei in Deine meeresblauen Augen zu
sehen, die manchmal auch eher grün als blau zu
schimmern schienen. Es war, als blickte ich in eine
andere Welt, als blickte in ein Geheimnis, das sich mir
offen darlegte, das ich dennoch nicht zu beschreiben
imstande war. Ein Geheimnis, das ich sogleich in mir
trug, ohne es selbst zu kennen, ein Geheimnis, das ich,
sobald ich es erfuhr, sogleich wieder vergaß. Du hast mir

die Welt neu geboren, hast sie in und durch uns großgezogen, sie gewiegt, wie eine Mutter ihr Kind. Dieser Welt hast Du mich vererbt, hast mich darin alleine gelassen, mich schließlich in ihr zurückgelassen. Doch sie bewegt sich nicht mehr ohne Dich, steht still, wie ihr Herz, denn Du *bist* ihr Herz, ihr totes, verwesendes Herz, das sich langsam löst und verfällt. Eine tote, hohle Welt liegt vor mir. Ich lege mich zu ihr.

Umhüllt von anderem Himmelszelt

Heute sollte nur mehr der Traum eines Toten sein. Heute sollten wir einander endlich wiederfinden. Ich will doch nur an Deiner Seite sein, und sei es, neben Dir im Grabe liegend. Ich stelle doch keinen Anspruch an das Leben, außer dem Tod!

Nirgendwo, in keinem Traum,
sah ich Dich ein zweites Mal.
Gesucht hab´ ich Dich überall -
auf jedem Weg, in jedem Raum.

Irgendwo, in einer Welt,
die unsre nicht berührt,
umhüllt von and´rem Himmelszelt,
werd´ ich zu Dir geführt.

51

Wann werde ich zu Dir geführt? Wann komme ich nach Hause? Mareen, Du bist gegangen. Du hast mich verlassen, ohne Vorwarnung. Hast Dich heimlich davongeschlichen in der Nacht. Warum habe ich es nicht geahnt? Wo war ich? Du ließest mich schlafen. Schlafen! Dazu habe ich doch noch meinen ganzen Tod lange Zeit – warum war ich nicht wach in der Stunde Deines Todes? Du hast die Welt schlafen lassen. Nun lässt sie Dich schlafen.

Ich habe heute eine Gestalt am Horizont meines Lebens kennengelernt. Dieser Mensch hat mich abgehalten von meinem Vorhaben, nein, dieser Mensch hat es doch nur verzögert. Dieser Mensch, Jan, – und vielleicht genau, weil ich ihn nicht kenne – hat mein letztes, noch lebendes Vertrauen gewonnen. Es ist doch wichtig für jeden Menschen, zumindest eine vertraute Person in seiner Nähe zu wissen. Ich habe nicht viel. Habe ich Dich doch verloren! Was bleibt sind Briefe an Dich, Gedichte, luftgetrocknete Gefühle, tote Worte, die sich in einem alten Koffer zu ihrer Blüte entfalten... Man wird einen leeren Koffer finden, doch im Augenblick des Öffnens werden unsichtbare Blütenblätter entweichen und den Weg zur Sonne suchen, bis sie der Wind der Vergessenheit sie verschluckt.

Wer schenkt mir sein Lächeln?

Manchmal, da fällt es mir ein,
Dein Gesicht.
Warum es mich anschaut, das
weiß ich nicht.

Es lächelt mich an,
als ob es verstünde,
sein Lächeln zu lieben
sei hilflose Sünde.

Ich verspürte heute Morgen, nach dem Treffen mit Jan, plötzlich den Drang, das Wattenmeer zu verlassen. Ich wehrte mich nicht, und ließ mich durch graue Wege und Gassen wieder nach Hause führen. Weg von Dir.

Keine zwei Stunden war ich außer Hauses, der Tag hatte noch nicht den ganzen Reiz seines Glanzes ausgespielt, doch ich befand - und befinde - mich schon wieder im Schatten der Mauern meines Dachzimmers, die jedwedes Licht von mir fernzuhalten versuchen. Lebendig begraben!

Mit offenen Augen erwacht

Heute bin ich erwacht mit offenen Augen. Um sehen zu können, musste ich sie schließen. Das Wesentliche wollte ich sehen, mit offenen Augen, doch das Wesentliche ist für die Augen unsichtbar. So steht es geschrieben in einem der zauberhaftesten Bücher dieser Welt. Ich habe es meinem Vater geschenkt, warf es ihm ins offene Grab, damit er etwas zu lesen hätte. Als Kind hatte ich natürlich nicht daran gedacht, dass er es nie würde lesen können - fehlte doch das Licht in diesem tiefschwarzen Grab.

Heute nun werde *ich* einschlafen - mit geschlossenen Augen!

Ich bin vorhin zurückgekehrt, und bin seither nicht mehr fähig, diesen Menschen, Jan, aus meinem Kopf zu drängen. Der Gedanke an ihn hat mich augenblicklich ernüchtert.

Das Meer habe ich aufgesucht, doch es wurde vor mir aufgefunden. Ich wollte den Tod begrüßen, doch zuvor wurde ihm das Leben zum Gruße gereicht.

Das Licht hatt´ ich vergessen,
wie einst es mich vergaß.
Von Dunkelheit besessen,
die mich seither besaß.

Wie Engel einst gesungen
den himmlischen Gesang,
ist nun im Meer erklungen
der Totenglocken Klang.

Täglich suche ich nach Beweisen meiner Existenz, fühle nichts mehr, bin dennoch nicht gestorben. Ich nehme das neue, frisch geschliffene Messer aus der Lade, setze es mit leichtem Druck an meinen Unterarm. Es versinkt in meiner Haut, Blut weicht Edelstahl, ich spüre es nicht, lege das Messer auf den Tisch und zähle Blutstropfen, die auf das weiße Hemd springen, als sei es der Sprung in die Unsterblichkeit. Ich zähle sie und verzähle mich und weiß sogleich: es gibt keine zweite Möglichkeit!
Der Tod zählt nur einmal gegen Null. Er nimmt viele Fehler in Kauf, der größte aber ist das Leben.
Ich habe das Meer aufgesucht, weil es vielleicht der letzte Ort ist, der mich an mein Leben erinnert, der meinem Leben eine Kulisse bietet. Doch auch ich stellte letztendlich nur eine Staffage dar...

Wo ist nur das Licht?

Was nimmt mir die Nacht,
die vom Vollmond geblendet,
und irgendwann endet
durch höhere Macht?

Wo ist meine Sicht
auf die Dinge des Lebens,
die leuchten vergebens?
Ich sehe sie nicht!

Was nimmt mir der Tag,
den die Sonne verachtet,
in's Diesseits verfrachtet?
Wohl das, was ich mag!

Wo ist nur das Licht,
das mich nie hat verlassen?
Ich gehe auf Straßen,
bis Leben anbricht.

Zulange habe ich gewartet darauf. Zulange habe
ich mich dem Glauben daran hingegeben. Leben,
geschweige denn, *das Leben*, ist nie angebrochen.
Nicht von meinem Standpunkt aus. Mein

Standpunkt: Blick auf das Nichts, weil nie zu erreichend. Mein Blick verliert sich im Gemäuer, das meine Sprache nicht zu sprechen scheint. Ein Gemäuer der Schweigsamkeit, ein Gemäuer des stummen Einverständnisses. Ein Gemäuer atemloser Einsicht. Verliert sich das Leben an mich, oder verliere ich mich an es? Ein neuer Tag bricht an, und ich schenke ihm meinen Glauben, denn nichts Anderes habe ich mehr zu verschenken.

Möwengelächter

Ich blicke aus meinem Fenster. Nein, ich blicke aus meinem Leben. Ich blicke auf rote, tote Dächer. Möwengelächter. Ich bin zu schwach, um zurück zu lachen.
Worüber sie wohl lachen? Über meine Armseligkeit? Über mein Verderben, meinen Tod? Mein Augenlicht verliert sich in der Möwen Heiterkeit, die scheinbar noch nichts wissen, dass nicht alle von ihnen Emma heißen.

Auf schwankendem Boote

Der Blick aus meinem Fenster verursacht Schmerzen in meinem Genick. Schmerzen, die mich aber zumindest wissen lassen, noch am Leben zu sein. Und doch - spontan entscheide ich mich gegen den Blick in das Leben. Mein Blick wandert nun vielmehr die Wand meines Dachzimmers entlang, zur Türe des Zimmers. Eine einfache hölzerne Türe. Ein einfaches Schloss. Die Farbe der Türe hebt sich kaum von der Farbe des Raumes ab. Irgendetwas zwischen ziegelrot und beige. Eigentlich egal. Es ist eine Farbe nur, eine Stimmung – austauschbar, ersetzbar. Nicht wie das Leben! Dennoch finde ich weder für diese Farbe, noch für das Leben den richtigen Ausdruck, die richtige Bezeichnung. Ich versuche sie zu definieren, diese Farbe. Doch es würde ohnehin immer nur *mein* Eindruck von ihr sein. Mein persönliches Empfinden lediglich, wie es sich ja schließlich auch mit dem Leben verhält.

Das Leben ist nicht definierbar, ist keine allgemeingültige Regel, kein Erlebnis, das allen in gleichem Maße zuteil ist. Der eine erlebt es hundert Jahre, der andere keine hundert Sekunden. Der eine erlebt es fünfzig Jahre, und auch ein anderer, und beide mögen zur selben Zeit gelebt haben und leben, und doch läsen sich ihre Geschichten wie zwei ganz unterschiedliche, die sie ja schließlich auch sind.

Jedes Leben ist eine neu gemischte und einzigartige Farbe. Jeder Mensch erhält bei seiner Geburt das Patent für seine Farbe. Ob er ihr auch einen Namen verleiht, bleibt alleine ihm überlassen, ebenso, wie dick er sie aufträgt. Wer nun aber mehr oder weniger Farben in seinen Topf bekommt, liegt nicht in unserem Ermessen.

Wir stehen alle auf einem schwankenden Boot, halten unsere Töpfe gegen den Himmel, dem Gebenden entgegen. Wer steht hier vor uns? Wir wissen es nicht, können die Gestalt nicht erkennen, denn, gegen den Himmel gesehen ist sie nur eine dunkle und mächtige, felsenähnliche Gestalt mit einem großen Farbtopf in den Händen. Sie meint es gut mit jedem von uns – will allen aus ihrem Topf geben. So strecken wir alle unsere müden, Töpfe haltenden Hände der gütigen Gestalt entgegen, als gelte es, den letzten Tropfen Farbe zu ergattern, um damit unseren Namen auf einem Grabstein verewigen zu können - denn niemand soll uns vergessen.

Ein kleines Fischerboot auf schwankender See. Die hohen Wellen bringen uns aus dem Gleichgewicht, und wir, mit unseren kleinen Farbtöpfen, bringen sie zum Lachen.

Wie lächerlich dieses Bild für Unbeteiligte, sofern es sie gibt, wohl wirken mag. Das Meer spielt ein ungerechtes Spiel mit uns. Noch stärker schwankt das Boot nun, noch mehr schwanken wir und mit uns die Farbe gebende Gestalt im Boote. Sie ist gut und gerecht, doch nicht mehr fähig, ihrem Amte ordnungsgemäß nachzugehen. So gehen kleine Farbtöpfe über vor Farbe, andere hingegen sind nur zur Hälfte gefüllt, weil wild gemischte Farben nun viel eher die Bretter des Bootes neu kleiden. Wieder andere Töpfe aber bleiben völlig leer. Für sie gibt es keine Farbe mehr. Der große Farbtopf ist nun leer. So rätseln die einen über die Bezeichnung ihrer Farbe, während die anderen die Farbe als ihr Rätsel bezeichnen.

Ich blicke mittlerweile wieder aus dem Fenster, trotz Genickschmerzen, denn ich habe erkannt, dass, wo sich die meisten Schmerzen bemerkbar machen, am meisten zu sehen und also zu versäumen ist.

Und ich denke so oft an das Leben.
An Gesichter der Welt, die mich umgeben.
Und ich lebe so oft in Gedanken.
Träume, die gleich einem Fischerboot schwanken.

In meinen Nächten, die zum Tag nie erblühen,
leb´ ich Tage, die in der Sonne verglühen.
In meinen Tagen, deren Wärme trügt,
seh´ Dein Gesicht ich, das mich belügt.

Und ich denke so oft an den Tod
mit Fischernetz in seinem Fischerboot.
Und ich sterbe so oft in Gedanken -
Gedanken an Dich, die mich umranken.

Meine Augen erkennen Dich nicht.
Die Wellen haben Dich weggetragen.
Verzerrter Schatten in schmutzigem Licht.

… Und über uns die Sterne im Sterben lagen.

Unsichtbares Band

Der Tag ist lange, wartet man auf sein Ende, doch das Leben kann noch viel länger sein...
Das Leben. Das Erleben, das Überleben und vor allem das Dahinleben.

Schwarze Balken
fremder Gewalt
drücken mich nieder
in ihrer Gestalt.

Grüne Hoffnung
wird rot wie Blut.
Niedergebrannt bleibt
verlorene Glut.

Stehe ich im Leben? Liege ich im Sterben? Ich erliege dem Leben und will im Stehen sterben!
Ach, hätte ich doch nur die Kraft, einmal noch aufzustehen, die Kraft, noch einmal zum Anfang zu gehen.
Ein Kreis – er beginnt mit dem Leben und endet mit dem Tod und beginnt also sogleich wieder mit dem Leben und sofort...Vielleicht also ist der Weg nach vorne der vernünftigere, als jener zurück, ist

man erst über der Hälfte. Ist jede Stunde am Ziffernblatt also tatsächlich ein Neubeginn? Denn, gehe ich nur ein bisschen über die Linie vorwärts, und überschreite das Ende somit, stehe ich doch wieder am Anfang...Ja, dann wieder habe ich die Kraft dazu, mich zu erheben von meinem Totenbett...um es neu zu beziehen und lebendige Sonntage darin zu verbringen. Frühstück im Bett und nicht die Henkersmahlzeit!

Meine Henkersmahlzeit...ich habe nichts mehr gegessen heute...ich war tatsächlich am Markt beim Meer, und habe dennoch nichts gekauft. Nichts Essbares – es wäre doch nur schade darum. Eine Verschwendung...nein, ich habe wieder einmal eine Flasche mittelmäßigen Anisschnapses gekauft. Mittelmäßiger Schnaps...und dennoch übertrifft sein Wert schon jenen meines Lebens...

Heute Morgen habe ich den Weg angetreten, ohne mich noch einmal in meinem Dachzimmer, in meinem Dorf und schließlich in meinem Leben umzusehen. Es war ein geplanter und doch spontaner Entschluss, den ich getroffen hatte. Ich habe keinen Blick auf den Gezeitenkalender geworfen, denn ich wusste, ich würde ohnehin auch auf das Meer warten, ihm entgegengehen, oder gar nachlaufen.

Meiner spontanen Entscheidung konnte ich nicht

nachgehen. Zudem erstreckte sie die unendliche Weite des Wattenmeeres vor meinen Füßen, vor meinem Leben.

Ich habe den Weg zu meinem – irdischen – Zuhause – angetreten, und doch fühlte ich mit jedem Schritt in diese Richtung, dass ich dort nicht mehr zuhause war. Jeder Schritt weg vom Meer bestätigte nur meinen Entschluss: Mein Zuhause liegt augenblicklich hinter mir.

Ich habe diesen Menschen getroffen, nicht damit dieser mich etwa abhält von meinem Vorhaben, nein, er sollte es dadurch lediglich bestätigen.

Klaren Kopfes treffe ich daher erneut meinen Entschluss: Unsere Herzen, Mareen, schlagen gemeinsam oder gemeinsam nicht.

Es ist ein komisches Gefühl, das in mir hochsteigt. Es ist – endlich! - der Gedanke an Erlösung, es ist Vorfreude auf ein Wiedersehen, es ist die Erleichterung, nun endlich einen Schritt davor zu stehen, und dennoch habe ich Angst. Angst um Dich, Angst um mich – um uns! Was, wenn wir einander nicht wiedersehen? Um es wissen zu können, muss ich diesen Schritt, genau diesen einen Schritt machen. Es gibt kein Zurück – doch, zurück will ich auch nicht mehr, sehe ich Dich dort doch keinesfalls. Hier habe ich Dich und somit nichts mehr verloren...Es ist also nicht die Angst, den Schritt zu wagen – es ist nur ein Schritt, und wie viele Schritte habe ich schon gemacht in meinem Dahin-Leben?! Es ist nicht die Angst, vielleicht plötzlich in einem dunklen Nichts zu ersticken, nein, es ist die Angst, alles und also Dich zurückzulassen, nur um Dich vielleicht auch jenseits *nicht* zu finden. Es ist die Angst vor dem Nichts. Die Angst, nicht mehr zu existieren und somit auch meine Erinnerungen an Dich zu verlieren. Meine Erinnerungen an Dich, meine Gedanken und Gefühle gebe ich als Pfand, in der Hoffnung, sie wieder zu erhalten, jenseits dieser Welt. Ich muss es wagen, muss es eingehen, das Risiko, andernfalls werde ich nie erfahren, ob es Dich gibt, in einer anderen Welt, denn...

Dein Licht erreicht mich nicht.
Dein Licht lässt mein Gesicht
in der Finsternis,
wo ich Dich vermiss´!

So halte meine Hand,
ich greife nach dem Nichts.
Uns bindet fern des Lichts
ein unsichtbares Band.

Ich seh´ es nicht, mein Leid.
In dieser Dunkelheit
hab´ ich keine Sicht,
fehlt es doch, Dein Licht!

Emil

III.

Ungeborene Welt

Janus mit seinen zwei Gesichtern. Eines blickte in die Vergangenheit, eines in die Zukunft. In das Leben und in den Tod also. An dieser Stelle hätte er, Emil, mich, Jan, angetroffen. Gerne hätte er noch mehr Zeit mit mir verbracht, mit mir gesprochen, da er das Gefühl gehabt hätte, wir seien nicht grundlos einander begegnet. Wir, die wir beide unser Mädchen am selben Tag, dem 15. September, verloren hatten. Wir, die wir zurückgelassen wurden, ohne die Chance erhalten zu haben, uns zu wehren, unser Mädchen festzuhalten. Zwei Menschen, die beide in ihrem Kummer das Meer aufgesucht hatten, um alleine mit diesem zu sein, und dem stattdessen aber am endlos scheinenden Wattenmeer einen anderen Menschen angetroffen hatten.

Er habe sich nicht mehr an meine Augenfarbe erinnert, umso mehr aber hätte er noch den Blick gespürt. Mitten in sein Herz hätte dieser ihn getroffen, und dieses sendete, gleich einem Telegramm, nur einzelne Worte an ihn: Trauer. Verlassenheit. Einsamkeit. Ende. Tod....

In aller Form entschuldigte er sich bei mir, sein Wort nicht eingehalten zu haben, am nächsten Tag wieder am Meer zu erscheinen, um das Gespräch fortzuführen.

Erschlagen läge er nun in Form dieses Buches vor mir, denn das Meer hätte ihm sein Mädchen gestohlen, und mit diesem auch sein Leben. Es sei das stärkere, und es habe immer recht, somit verschenke er sich an das Meer, denn er sei lieber im Tod vereint, denn durch das Leben getrennt...

Da, wohin er nun ginge, könne er das Buch nicht mitnehmen, weshalb er es mir anvertraue. Er bräuchte es nicht mehr, und was er Mareen darin zu sagen hatte, würde er ihr nun endlich selbst sagen können.

Das Leben sei, wie der Tod, eine Uraufführung, ohne Generalprobe. Er hätte diese Aufführung nach der Pause von selbst abgebrochen, da es inhaltlich und schauspielerisch unter jeder Kritik gewesen sei. Das Stück sei abgesetzt worden, so er in einer weiteren bildhaften Beschreibung.

Auf seinem Grabe wünsche er sich keine Blumen,

denn Menschen, die sein Leben nicht geschmückt hätten, bräuchten auch seinen Tod nicht zu schmücken.

Er verabschiede sich nicht von mir, denn er sei sich sicher, wir würden einander wiedersehen. In der meinen oder der seinen, vielleicht aber auch in einer weit von uns allen entfernten, noch ungeborenen Welt.

Unter seine Unterschrift setzte er seinen Brief noch fort, richtete seine Zeilen und ein letztes Gedicht aber nicht mehr an mich, sondern an das *geliebte und gelebte Leben*, zu dem er künftig nicht mehr sprechen wolle.

An den Klippen steh´ ich - schallend
tönt Dein Lachen zu mir hin.
Dass ich schweigsam stärker bin,
zeig´ ich Dir, zu Grunde fallend.

Hamburg, 5. Oktober

Im Leuchten der Toten Augen

Auf nassem Sand lag dieses Buch. Der Wind mag wohl ein paar Seiten darin gelesen habe, denn es

71

lag aufgeschlagen vor mir, als ich jene Stelle am Ufer aufsuchte, an der ich Emil einen Tag zuvor zum ersten und zugleich letzten Mal gesehen hatte. Dieser Mensch, der sich mir öffnete, wie tags darauf sein Tagebuch. Ein Mensch, der im Moment des Kennenlernens genau um sein Schicksal Bescheid wusste. Was wäre wohl geschehen, hätte ich nicht am selben Morgen dieselbe Stelle am Strand aufgesucht? Ich weiß es freilich nicht – werde es nie wissen können, und dennoch bin ich mir sicher, dass es nichts am Schicksal des Menschen geändert hätte. Doch, was wäre aus dem Buch, aus den Aufzeichnungen dieser Person geworden, wäre ich am nächsten Tage nicht erschienen? Hätte gar der Wind noch immer daraus gelesen? Hätte etwa das Meer sich langsam und feige hinterrücks an es geschlichen, und mit einer ruckartigen Welle mit sich genommen? ...Hätte es Mareen daraus vorgelesen, hätte diese nun selbst daraus gelesen?

Dieser Brief, den ich hier erwähnte, war Emils Tagebuch beigefügt. Ich wusste nicht, dass er dieses Tagebuch führte, und überlegte auch einen kurzen Moment, ob ich das Buch und den Brief überhaupt an mich nehmen sollte. Der Umschlag, in dem der Brief sich befand, fiel aus dem Buch und landete auf dem feuchten Sandboden. Deutlich war mein Name, Jan, darauf zu lesen. Der Brief war also für mich bestimmt, wie es schließlich auch dieses Buch war und ist.

Ich habe es gelesen, vom ersten Worte bis zum letzten, wieder und immer wieder. Habe es aufgesogen, wie es mich aufgesogen zu haben schien. Dieses Buch lebt weiter durch mich, wie ich durch es weiterlebe, ja, vielleicht sogar durch es begonnen habe, kurz aufzuleben, ein letztes Mal...

Eines Nachts werde ich jene Stelle nochmals aufsuchen, und Mareen daraus vorlesen, werde sie nicht in den Schlaf wiegen, nein, denn das Meer hat sie schon längst in den Tod gewiegt. Als stünde ich vor ihrem Grabe, werde ich ihr eine Predigt lesen, werde ihr alle jene Worte zukommen lassen, die unausgesprochen den Tod fanden. Ich werde dieses Buch in meinen Händen halten, als wolle ich es der Ewigkeit zum Opfer darlegen, und werde lesen aus den Zeilen der Finsternis, in der Hoffnung, sie mögen das Licht finden, im Leuchten der Toten Augen.

Vaterloses Kind

In meinen Händen liegt dies Buch. Ein Buch des Lebens, des Verlebens, ein Buch des Todes. Ich greife es an, will es gleich wieder loslassen. Meine Hände sollen keine Druckerschwärze zieren. Greife ich dieses Buch an, scheint es, als färbe es schwarz ab – färbe es den Tod auf mich ab - und doch kann ich es nicht loslassen.

Ich habe es gelesen, immer wieder, denn ich wollte diesen Mann näher kennenlernen. Ich habe ihn ja nicht einmal gekannt, und doch hat er mir sehr viel anvertraut, zu guter Letzt sein niedergeschriebenes Leben, seinen niedergeschriebenen Tod.

Warum hat er mir dieses Tagebuch anvertraut? Ich weiß, dass mein Leben nun nie mehr dasselbe sein wird. Doch - warum auch immer – ich bin es ihm schuldig, ihm, Emil, wie auch diesem Tagebuch, die Geschichte fortzusetzen, nein, sie zu beenden! Hat Emil sie nicht schon längst beendet? Bin ich nur eine Nachwehe seines Lebens?

Ich werde dieses Buch an mich nehmen, werde es aufnehmen, wie ein vaterloses Kind, das eine Mutter nie hatte, werde es hüten und pflegen und versuchen, es ein Stück noch zu begleiten, im

Gedenken seines dahingeschiedenen Vaters. Bis denn auch unser Weg uns scheidet.

Salzwassertränen

Wieder im Morgengrauen wollten wir also einander tags darauf treffen, Emil und ich. So war es vereinbart. Es war der Tag meiner Abfahrt, doch ich versprach, eine Stunde zuvor noch einmal zum Strand zu kommen. Ich hatte das unbegründete Gefühl, es ihm schuldig zu sein. An jenem Morgen regnete es nicht. Es war dennoch kühl, und die im Regen getränkten Wolken hingen schwer atmend über mir. Ob Emil gewusst haben mag, dass sein Tagebuch mich, oder, dass ich jenes erreichen würde? Wann mag er es mir hinterlegt haben? Ich konnte keine Fußspuren im Sand sehen. Der Wind wehte zu stark. Dieses Buch konnte er dennoch nicht mit sich nehmen, dieser typische Nordseewind, der mit seinem feuchten, salzigen Atem lediglich die Seiten desselben befeuchtete und also sogar beschwerte. So fand ich dieses Buch vor – einsam, verloren und durchnässt. Wie tags zuvor seinen Schreiber.

Als wäre ich ein Dieb, blickte ich öfters mit schlechtem Gewissen umher, um sicher zu gehen,

nicht beobachtet zu werden. Von Emil etwa...
Nein! Ich wusste, dass er mich nicht beobachten
würde - würde können. Ich wusste, dass dieses
hinterlegte Buch und das Fernbleiben seines
Schreibers selbigen zu ernst waren, als dass er sich
einen Spaß erlaubte. Ich wusste, so eigenartig es
war, dass er nicht zugegen sein konnte, weil ich
ihn nicht spürte! Ich habe also damals nicht einen
Versuch unternommen, ihn zu suchen, ihn
vielleicht in seiner Selbstmordabsicht, der nun
nichts und niemand (wie meinesgleichen etwa)
mehr im Wege stand, zu Vernunft bringen zu
wollen, ihn gar mit Gewalt an seinem Vorhaben zu
hindern. Nein, ich spürte, dass er in diesem
Moment bereits nicht mehr unter den Lebenden
weilte. Ich wusste es, und, in die Wellen blickend,
wusste ich auch, wo er sich nun gerade befinden
würde.

Keinen Moment dachte ich daran, Hilfe zu holen,
nach ihm suchen zu lassen oder dergleichen. So
sehr spürte ich seine Gegenwart, wenn auch nicht
mehr in irdischer Form, dass ich keinen Gedanken
daran verlor, nach seinem Körper, lediglich die
irdische Hülle seines Geistes, zu suchen. Jeder
Körper gleicht einem alten Pullover, den man mit
dem Sterben auszieht. Unter dem Pullover sind
wir unsichtbar, nur darum tragen wir ihn

zeitlebens, um gesehen zu werden. Emil hatte lediglich seinen Pullover, sein Bühnenkostüm, als welches er ihn wahrscheinlich bezeichnet hätte, ausgezogen, als er die Bühne verließ.

Mein Blick war auf das Meer gerichtet, als blickte ich jemanden nach, und in meinen Händen hielt ich dieses Buch, aus dem gelegentlich eine salzige Meeresträne sich in die Tiefe stürzte, als weinte es um jemanden, ganz still und heimlich.

Im toten Winkel

Und plötzlich tauchte er im Regen auf, mir mit dem Rücken zugewandt. Er muss wohl schon lange so dagestanden haben, und schien den Regen nicht bemerkt zu haben. Vollkommen durchnässt und dennoch scheinbar nicht frierend, erweckte er in mir zwangsläufig den Eindruck einer steinernen Figur, die sich am Anblick der immer selben Stelle am Meeresboden nicht sattzusehen wollte – durfte. Was Anderes bleibt ihr bei Ebbe auch übrig?
Diese Figur jedoch war nicht steinern, denn Steine denken nicht... Nein, dieser Mensch wurde von derartig vielen Gedanken umhüllt, sodass diese

scheinbar einen unsichtbaren Mantel darstellten. Ob dieser ihn schützen, oder vielmehr erdrücken wollte, dessen war ich mir nur noch nicht sicher.

Diese Gestalt nahm genau den einzig möglichen Platz ein, will man das Meer erwarten und schließlich sich ihm entgegenstellen. Sie hatte die optimale Position gefunden und wohl sofort für sich in Anspruch genommen. Und, wie es schien, wollte sie sie bis zur Wiederkunft des Meeres auch nicht mehr verlassen. Tatsächlich hatte Sie die einzig, etwas erhöhte Stelle, die eine optimale Kontaktaufnahme mit dem herannahenden Meer ermöglichte, für sich in Anspruch genommen. Wahrlich, diese Gestalt hatte etwas Geisterhaftes und zugleich Heiliges an sich. Vielleicht kein Widerspruch.

Mein Blick richtete sich auf das Wattenmeer - und im toten Winkel stets auf die düstere Gestalt, von deren dunklen Augen ich mich widerstandslos einsaugen ließ. Die Gestalt, der steinerne Mensch, der menschliche Stein, hatte sich nach mir umgewandt, hatte meine Schritte im nassen Sand scheinbar doch vernommen.

Die dunklen Augen wurden nun immer größer, bewegten sich auf mich zu, so auch die gesamte Gestalt. Sie drehte ihren Kopf nach mir, wurde lebendig. Umrisse. Bewegungen.

Der Meeresgrund lag nur mehr verschwommen im Hintergrund. So endlos er auch erscheinen mochte - in diesem Moment stellte er nichts mehr als nur ein Bühnenbild dar.

Da standen wir also, durchnässt vom Regen und vom Leben. Der Gestalt Gedanken waren augenblicklich entflogen, und mit ihnen der schützende Mantel. So trafen wir aufeinander, am Ufer des Meeres, und froren dem Tag entgegen. Ein Tag ist kurz. Ob er dennoch die Zeit findet, uns wahrzunehmen?

Der Stein war zum Menschen geworden, der Mensch zum Tier, zu einem gequälten Tier, das hungrig nach Gewissheit und durstig nach Sicherheit war. Ein Tier ohne Leine, doch mit einem Strick um den Hals. Entmündigt, dabei hätte es so viel zu sagen gehabt...

Als Emil stellte er sich mir vor, und erst jetzt erkannte ich, dass ein noch sehr junger Mann vor mir stand. Er hatte, wie ich erfuhr, tatsächlich schon seit Beginn des Tages, auf die Flut wartend, am Ufer gestanden. Er wollte dem Meer entgegengehen, unaufhaltsam, und hatte sich dafür seine besten Schuhe angezogen gehabt. Er hatte, wie ich erst später bemerkte, auch einen Anzug und Krawatte an. Es sei ewig schade, so meinte er, mit dem besten Anzug ins Wasser zu gehen. Lange hätte er darauf gespart. Und doch, vielleicht gerade deswegen sollte er ihn an einem so bedeutungsvollen Tag nicht auf dem Nagel hängen lassen. Vielmehr wolle er stattdessen sein Leben auf den Nagel hängen, so er.

Vorsichtig trat ich in den nassen Sand, und habe dadurch wohl einen Gedanken an den Tod zum Leben erweckt, dachte ich. Ich hatte in diesem Moment den Tod ver-, vielleicht aber auch nur *be*hindert. Ich wollte das Meer sehen, vielleicht viel mehr, als es sich selbst dem Tod entgegen bewegen wollte in dieser Stunde. Ja, das Meer wollte ich sehen, und hatte demselben dadurch vielleicht den Anblick des Todes erspart. Schlussendlich habe ich das Meer nicht gesehen, wie dieses den Tod nicht gesehen hat.

Tatsächlich bin ich kurz an die Stelle des lebendig gewordenen Steines getreten. Ich habe zum Horizont geblickt, wie er es wohl kurz zuvorgetan haben mag, doch ich habe nichts gespürt. Nicht den salzigen Hauch der Unendlichkeit, nicht das Gefühl der Lächerlichkeit im Angesicht der sich mir darbietenden Weite und auch nicht die

Eleganz, mit der sich das Meer schleichend, als wolle es aufgrund schlechten Gewissens nicht gesehen werden, sich langsam wieder dem Ufer näherte.

Im toten Winkel hatte ich ihn zuerst wahrgenommen, und sogleich standen wir im toten Winkel des Lebens. Er wird es mir irgendwann vielleicht doch noch danken, dachte ich, vielleicht aber auch nur verfluchen. Habe ich ihm womöglich seinen lang ersehnten Traum zerstört, indem ich auf nassen Sand trat, indem er also seinen Blick vom fordernden Meer abwandte? Vielleicht war es Liebe auf den ersten Blick, die ich zerstört habe. Die ältere Liebe, die nun ihr Recht endlich einforderte...

Der junge Mann und das Meer. Vielleicht war es ein Versprechen, demnach er sein Leben dem Meer schenken sollte, und ich habe es zunichtegemacht. Oder aber, er wollte doch einfach nur sterben, und ich habe seinen Tod erwürgt, noch bevor dieser ihn mit sich nehmen konnte.

Meereswasserfluss

Todessehnsüchtig blickte Emil aus seinen blaugrauen Augen. Das Meer, dem Monde hörig, kroch reuig dem Ufer entgegen, und gesellte sich zu zwei Menschen, die beide geduldig auf es gewartet hatten. Emil gab kein Wort von sich, und doch, oder gerade deswegen, wusste ich, dass dieser Mensch sehr viel zu erzählen hätte. Was seine Zunge anfänglich verschwieg, hatten seine Augen schon längst verraten. Auf die Wolken des schweren Himmels, die sich am Meer auszuruhen schienen, starrten wir, als gelte es, darin noch ungeborene Fragen auf noch lebendige, doch dahinsterbende Antworten zu lesen. Emil schloss für einen kurzen Moment seine Augen, ehe er sie wieder öffnete, um mir entgegenzublicken. Wieder senkte er seinen Blick und begann, ohne mich noch einmal anzusehen, zu erzählen...

Unweit des alten Leuchtturmes erhob sich eine, vom Alter schwer gezeichnete, über das Meer blickende, Birke, an die sich frech eine alte, hölzerne Bank lehnte.
An einem regnerischen Tag hatte sie, Mareen, ein Buch lesend, auf dieser Bank gesessen. Ihre linke

Hand spielte sich mit einer Blume, die sie geschickt und ohne hinzusehen, durch ihre Finger gleiten ließ, ohne sie auch nur einmal fallenzulassen.

Emil, der auf dem Wege zu dem alten Leuchtturm war, erblickte die Lesende, die ihn wiederum in keiner Weise wahrzunehmen schien. Er hatte sie noch nie gesehen, überhaupt hatte er noch nie jemanden auf dieser Bank, deren eigentliche Funktion das Abstützen des alten Baumes zu sein schien, sitzen sehen. Und er kam schließlich nahezu täglich vorbei daran. Auch er, Emil, habe noch nie auf dieser Bank gesessen, so er, und habe diese eigentlich an jenem regnerischen Tag zum ersten Mal bewusst wahrgenommen. Es war ein warmer Sommerregen, und es war zur Zeit der Flut.

Emil habe wohl eine ganze Weile dagestanden, das Mädchen beobachtend, bis es ihn schließlich auch bemerkte, und sein Buch zuklappte. Die Blume in ihrer linken Hand diente ihr nun als Lesezeichen, und als solches lugte sie neugierig aus dem zusammengeklappten Buch, um ja nichts zu versäumen. Ja, auch sie mag gewusst haben, dass die schönsten Geschichten das Leben selbst schreibt, und nicht der Autor eines Buches, wie es jenes, welches es augenblicklich zwischen seinen

Seiten zu erdrücken suchte, war. Und das Leben, so er, habe zugleich die schönste aber auch traurigste Geschichte seines Lebens geschrieben: Die Geschichte von Mareen und Emil.

Eine Geschichte, die unter Tränen des Himmels ihren Anfang, und unter Tränen Emils ihr jähes Ende fand.

Tatsächlich habe Mareen Emils Gegenwart nicht bemerkt, habe nichts gespürt von seiner Gegenwart. Dies sei der Anfang ihrer Geschichte, der, wenn man genau hinhören mochte, wohl auch schon zugleich das Ende mit, im Nebel verhüllten und aus der Ferne erklingenden, Totenglocken einläutete, wie Emil es beschrieb.

Diese Bank unter der Birke sollte von nun an stets Treffpunkt der beiden sein, und sie wurde auch Zeugin ihres ersten gemeinsamen Kusses unter eben diesem alten Baum. Das Meer wollte den beiden Verliebten offensichtlich in ihrem jungen Glück nicht zusehen, und zog sich in seiner Eifersucht zurück. Die Birke blickte verschämt über die unendlichen Felder jenseits des Deiches. Auch sie wollte nichts gesehen haben. Emil nahm sein Mädchen an der Hand, sie liefen zum Ufer, zogen ihre Schuhe aus, um bloßfüßig auf dem

Meeresgrund dem Meer nachzulaufen. Er wusste, dass bei etwa einem halben Kilometer Entfernung vom Ufer der in der Bucht gelegene alte, vor vielen Jahren schon stillgelegte, Leuchtturm zu sehen war. Dieser Leuchtturm war Emils Versteck vor dem Leben, seine letzte Zuflucht vor der Menschheit, die ihn wohl nicht verstehen wollte, und deren Sprache er nicht zu sprechen schien. Ja, dieser Leuchtturm war sein eigentliches Zuhause, wohnte er auch am Dachboden des alten Fischerhauses, ein Stück weiter weg, in der Nähe des kleinen Hafens. Seinen *Lebensleuchtturm*, als welchen er ihn bezeichnete, wollte er Mareen eben unbedingt zeigen, und ein anderes Mal mit ihr hinaus zum Heverstrom gehen. Diesen Spaziergang am Wattenmeer zu nächtlicher Stunde würden sie nie mehr vergessen, wie man auch nicht das erste Hand-In-Hand-Gehen, die erste Umarmung, das erste Gefühl der Liebe überhaupt, und nie und niemals den ersten Kuss, den die beiden hier, zwischen Ufer und Horizont erlebten, vergisst.

Mareen hatte sich bis zu diesem Tage tatsächlich erst ein einziges Mal aufs Wattenmeer begeben. Zu groß war die Angst, noch einmal vom Meer eingeholt zu werden. Als Kind hatte sie einmal die Warnungen der Eltern missachtet, war aufs

Wattenmeer hinausgegangen, sämtliche Warnsignale der Küstenwache ignorierend, als sie mit ihren gelben Regenstiefeln im Meeresboden steckenblieb, und nur noch in letzter Minute herausgezogen und somit gerettet werden konnte. Nun aber, im Beisein Emils, wollte sie den Schritt auf den Meeresboden endlich wieder wagen. Er gab Mareen Mut.

Das freudige Leuchten ihrer Augen, als sie sich dem Horizont entgegen bewegten, schien für Emil heller zu sein, als das Licht des alten Leuchtturmes es jemals gewesen sein mochte. Er hatte Mareen erzählt vom Heverstrom, den man bei Ebbe über das Wattenmeer erreichen könne. Ein Meereswasserfluss, der das Wattenmeer durchquere. Die beiden hätten es damals nicht mehr an dessen Ufer geschafft, aber Mareen hätte davon gesprochen, einen gefüllten Becher dieses *Heverstromwassers* ihrem Liebsten schenken zu wollen. Sie hätte vergleichend von einem Edelweiß, vom Sand des Mondes, von einem Liebesbeweis gesprochen...

Auf der Bank unter der Birke schmiedeten sie Pläne, die die Welt verändern sollten, teilten ihre Lebensansichten und mitgebrachten Jausenbrote.

Ein paar Tage nach dem Spaziergang am Wattenmeer wartete Emil vergeblich auf Mareen am üblichen Treffpunkt.

Mareen war tot. Die Flut holte sie bei einem alleinigen Spaziergang am Wattenmeer, nahe dem Heverstrom, ein, und gewann den Wettlauf zum Ufer. Mareen erreichte es nicht mehr. Das Meer hatte in seiner Eifersucht nicht selbst ertrinken wollen.

Emil suchte die Bank unter der Birke einmal noch auf, und, obwohl er wusste, dass Mareen nie mehr kommen würde, legte er die Hälfte seines Jausenbrotes für diese neben sich.

Dass Mareen keinen Hunger mehr haben konnte, daran hatte er nicht gedacht, denn es war nach ihrem Tod schlagartig abgekühlt, *als sei die Sonne mit seinem Mädchen gestorben*, und bei Nordseesturm und kalter, salziger Luft hätte man schließlich ja immer Hunger.

Audienz des Meeres

In Gedanken an die Begegnung mit Emil an jenem denkwürdigen Morgen stand ich tags darauf, wie ausgemacht, vor meiner Rückreise nach Hamburg, nochmal an genau derselben Stelle dem Meer gegenüber. Emil war ja nicht mehr erschienen. Ich habe es auch diesmal nicht geschafft, mein Leid im Meer zu ertränken. Inzwischen habe ich gelernt, damit zu leben. Ob auch Emil es inzwischen gelernt hat? Soviel hätte ich zu erzählen gehabt. Soviel, das damals noch unausgesprochen blieb, und nun vielleicht nie wieder Gelegenheit dazu finden wird.

Ich habe einen Selbstmordversuch Emils ungewollt verhindert, und ihm berichtet von meinem Leid. Vielleicht mit dem unterbewussten Gedanken, er würde meine Erzählungen ohnedies bald mit ins Grab nehmen. Wie wahr...
Ich schäme mich meiner Gedanken. Ich schäme mich meiner selbst. Doch ich bin auch nur ein Mensch. Ja, solange man lebt, ist man nur ein Mensch, auf den man sich ausreden kann, doch wer weiß, was nachher kommt?
Vielleicht ist das Leben wirklich nur die Generalprobe für den Tod...
Auf jeden Fall tat es gut, mit jemanden reden zu können. Mit jemanden, der mich nicht kannte, und vor allem, der sie nicht kannte: Viola.
Wir haben ein sehr langes Gespräch an dieser Stelle geführt, und es war nicht klar ersichtlich, wohl für keinen von uns beiden, wer von uns

beiden der eigentliche Zuhörer war. Ich habe Emil nicht nach dem Grund für seinen Entschluss gefragt, und doch konnte ich aus seiner Erzählung den Grund herauslesen: Mareen. Was blieb waren Buchstaben, die hier, in diesem Buch, starben.

Wer oder was veranlasste es, dass wir beide einander zu spät nächtlicher oder eher schon früh morgendlicher Stunde an genau derselben Stelle trafen? Emil suchte in der Schwärze der Nacht, ich im Morgengrauen, das weite und jeden willkommen heißende Meer auf, nur um ausgerechnet an derselben Stelle dem Wattenmeer entgegenzutreten. Das Meer trat bescheiden hinter den Vorhang, und ließ uns alleine zurück auf der Bühne des Schicksals. Und dieses hatte für jeden von uns beiden ein eigenes kleines Stück geschrieben gehabt.

Bodenkontakt zu Mutter Erde

Mein Stück erzählt vom toten Leben und vom lebenden Tod in meinem Herzen. Es ist ein Einmannstück, ohne Dialoge. Diese gibt es nicht mehr, seit sie gegangen ist: Viola!
Lange schon habe ich kein Wort mehr verloren

über sie, über uns. Was zu bewältigen war, bewältige ich ganz alleine. Nichts Anderes blieb und bleibt mir schließlich übrig!

Wer hat mich damals in meiner Feigheit unterstützt, ihr die ersten Rosen zu schenken? Niemand! Wer unterstützt mich nun, ihr in Gedanken die letzten Rosen nachzuwerfen? *Niemand*, mir stets treu geblieben. Doch - sie ist nicht tot.

Viola hat das Weite gesucht. Ich habe die Suche nach ihr ausgeweitet. Das Weite, tatsächlich so weit entfernt von damals. So weit entfernt vom alten und also gemeinsamen Leben. Und schließlich: So weit entfernt von mir. Sie mag es wohl gefunden haben - mich jedoch hat sie dabei hingegen verloren...

Weltenmenschenmeer

Ein Tag wie jeder andere, für die große, weite Welt vielleicht, nicht aber für zwei Menschen im *Weltenmenschenmeer*. Zwei Menschen, die gegen den Rest der Welt anzukämpfen schienen. Zwei *Lebe*– und schließlich *Liebewesen*, die einander gefunden hatten im großen Lebensmeer.

Das Jahr war jung, so auch der Monat und der

Tag. Hamburg, Anfang Februar.

Mit dem Rücken mir zugewandt, so stand sie da, wie neulich Emil. Sie blickte aber nicht über das Wattenmeer, nein, sie blickte über die Binnenalster. Es war nicht unser erstes Treffen damals – schon viele Male hatten wir heimlich einander an diesem Ort getroffen. An unserem Platz – von dem nur wir beide wussten. Auch diesmal hatten wir einander ebenda getroffen. Viola hatte schon, wie sie mir später verriet, eine Weile zuvor dagestanden, wollte in sich und doch nicht von diesem, unserem, Ort gehen, wollte über uns nachdenken.

Sie wusste, wie auch ich es tat, dass dieses Treffen kein alltägliches wäre. Denn tatsächlich beinahe täglich hatten wir einander an dieser Stelle getroffen. Aus unserem gemeinsamen Freundeskreis waren wir schon lange herausgetreten, und wir schwebten nun in einer ganz eigenen, schwerelosen Umlaufbahn dieser, unserer Welt. Wir hielten uns an den Händen fest, sprachen die selbe *Sternenstaubsprache*, und wussten, dass wir schon viel zu weit entfernt waren vom Planeten Erde, dass also nichts und niemand mehr uns zurückzubringen imstande wäre, außer wie selbst.

An diesem Abend im Februar traten wir – gemeinsam – unsere Heimreise an, kehrten zurück zur Erde, als Viola und Jan.

Ich trat heran an Viola, mit ihrem langen grauen Mantel und ihren absichtlich zerfetzten Jeans, und berührte ihre Schulter. An wirklich kalten Tagen trug Viola stets den Mantel offen, und klappte die beiden Mantelhälften übereinander, weil es so wärmer sei, wie sie meinte. So hatte sie auch an diesem Tag am Binnenalsterufer gestanden, und auf mich – auf uns - gewartet.
Sie drehte sich nach kurzer Zeit langsam um, und blicke mich an: Wir hatten wieder Bodenkontakt zu Mutter Erde hergestellt.

Viola und Jan, für immer und ewig! Daran hatten wir geglaubt, dafür hatten wir gelebt. Doch zwei Leben fahren dennoch nie auf nur einer Schiene. So sind auch wir nebenhergefahren, und in einem Moment, als ein übermüdeter Wärter vergaß, eine Weiche zu stellen, fuhren die beiden Züge voneinander weg. Der Wärter hat seinen Fehler natürlich gleich gemerkt, ist zusammengezuckt, und hat versucht, das Gröbste zu verhindern...
Nun, er hatte Glück, es war mit keinem Gegenzug

zu rechnen, doch sind beide Züge dennoch jeweils in einen falschen Bahnhof eingefahren. Viele Menschen sind an einem falschen Bahnhof ausgestiegen – sie werden den nächsten Zug zurücknehmen, jedoch ist, unberechtigterweise, ein blinder Passagier Person Violas Zug zugestiegen...

Violas Zug ist nicht mehr zurückgekehrt. Vielmehr wurde er von nun an noch viel weiter in die falsche Richtung gelenkt...

Mein Zug hat gewartet am nächsten Bahnhof, jedoch vergebens...

Hätte ich nur auf Viola gehört - sie wollte immer ein Auto haben.

Lange Zeit hätte sie sich gewehrt, gegen ihre Gefühle für diesen, diesen *zugestiegenen Menschen*, hätte dennoch in schlaflosen Nächten neben mir gelegen, und an ihn, Adam, gedacht. Was immer sie von mir wegtrieb, warum auch immer sie sie wegtreiben ließ, dieser Mensch hat sie aufgefangen, hat den richtigsten Moment erwischt, ist im falschen Bahnhof in den richtigen Zug gestiegen.

Ich hasse ihn, kenne ihn nicht, doch hasse ihn. Hasse ihn für jeden gemeinsamen Moment mit Viola. Doch noch mehr hasse ich Viola. Für ihre leeren Versprechungen, für ihre leeren Augen, wenn sie mich ansah und schließlich für mein nun leeres Leben!

Mein Zug ist weitergefahren, ist geglitten auf von Tränen befeuchteten Schienen, beinahe ungebremst, kam erst zu stehen, als die Schienen schon längst zu Ende waren, verloren im Morgengrauen des Nordseeufers...und hätte beinahe diesen Jungen am Strand überrollt...

Ganz alleine

Wo mag ebendieser junge Mann heute stehen? An welchem Strand? Ob das längst erloschene Licht des alten Leuchtturmes immer noch herrenlose Boote anlockt? Emil und sein Leuchtturm. Emil und seine tote und doch unsterbliche Liebe. Emil, der das Meer liebt wie sein eigenes, nie gehabtes, Kind, und der es genauso hasst, wie den Mörder eben dieses. Das Meer. Sein Leben und schließlich sein Tod, wie er es sich letztlich wünschte, weil ihm ja doch nichts anderes mehr übrigblieb.

Er würde ins Meer gehen, um darin nach Mareen zu suchen, und sie dem Meer wieder zu entreißen, hatte er erzählt. Tatsächlich hätte er stets nur an sie gedacht, hätte das Meer gehasst wie einen

Nebenbuhler, denn es hatte ihm sein Mädchen genommen. Und doch, so er, müsse er sich mit dem Meer gut stellen, wolle er jemals Mareens Liebe von diesem zurückerhalten. Er habe das Meer jedoch dennoch, oder gerade deswegen, stets gehasst. Emil bezeichnete das Meer als einen unbesiegbaren Feind. Niemals wolle er gegen diesen ankämpfen, vielmehr, entgegen seines ganzen Stolzes, sich ihm fügen und auf ein mildes Urteil gegenüber Mareen und ihn hoffend, ihm seine Dienste zur freien Verfügung stellen. Entgegen seines Stolzes freilich, doch im Einklang mit seiner Liebe, die er stets seinem Stolz und überhaupt allem voranstellte, wie er betonte. Das Meer aber habe niemals einen Vertrag unterschreiben können, denn Tinte verrinne im Wasser, und so blieb Emil nichts Anderes übrig, als blindes Vertrauen, wie er meinte. Doch an eben diesem sei er schließlich tatsächlich erblindet, weshalb er infolge das Vertrauen, im wahrsten Sinne des Wortes, als ebensolches nicht mehr wahrnehmen konnte, so er.

Das Meer habe ihn betrogen und zugleich dazu gezwungen, es zu lieben. Es habe ihm alles genommen, und doch musste er sich, in Hoffnung kläglich ertrunken, ihm gegenüber stets erkenntlich zeigen. Das Meer, so Emil, sei gleich einem Wolf, dem ein Stück Fleisches wieder entrissen werden solle. Dies gelänge, wenn überhaupt, nur unter Anwendung von Gewalt.

Lied der Zeit

Ein Mensch, ein viel zu junger Mensch, beschließt, das Meer zu umarmen. Steht im Regen am Strand, im besten Anzug, und blickt über das Wattenmeer in die Augen des herannahenden Todes. Es regnet, und dieser Mensch friert. Er steht sein ein paar Stunden an derselben Stelle, und er hat Hunger. Seine Gelenke schmerzen, er würde sich hinlegen, würde jetzt gerne schlafen, sein Haupt auf einem Seidenpolster gewiegt.

Er hat so vieles im Kopf, dieser Mensch. Bilder, Musik, Gerüche. Das vergangene, kaum gelebte Leben zieht vorbei, viel zu schnell für seine Gewohnheiten. Er ist nicht imstande, alles wahrzunehmen. Doch das muss er auch nicht. Das Wesentliche hat sich ohnehin, fest verankert, in seinem Kopf.

Er ist fest entschlossen, seinem, für ihn ohnehin schon viel zu langen und sinnlosen Leben, ein Ende zu bereiten. Im Kopfe eine melancholisch - verträumte Melodie, die Zeit kehrt mit dem Besen auf dem Trommelfell längst Vergessenes in den Kanal der Ewigkeit...Bilder in Schwarz-Weiß. Der Regen hat ihre Farbe weggewaschen.

Auch der Leuchtturm im Inneren der Bucht gibt in seinen Gedanken ein weißes Licht von sich. Es ist kalt, doch es passt sehr gut zu der schwarzen Erde des Meeresbodens. Auf dieser gehen sie: das Mädchen und der Junge, der es an der Hand hält. Sie hat die Welt noch nie von oben gesehen. Doch sie fühlt es. Sie ist ins Wattenmeer gegangen, gezogen von einer männlichen, verliebten Hand, sie folgt blind, und öffnet doch ihre Augen im richtigen Augenblick. In weiter Ferne erhebt sich der Leuchtturm aus dem nassen Sand, weit vor ihr. Sie dreht sich zu ihm, der ihre Hand noch nicht losgelassen hat, und küsst ihn. Es ist der erste Kuss, doch sie küsst ihn, als wüsste sie zugleich, dass es auch der letzte Kuss sein würde.

Götter der Vergessenheit

Er ist gestorben für das Meer, das seinen Tod doch einzufordern schien. Er starb für Mareen, für ein Mädchen aus seiner Vergangenheit, welches dennoch seine Gegenwart bedeutete und erst recht seine Zukunft bedeuten sollte.

Ich sitze an meinem Fenster, in diesem Ziegelhaus in Hamburg, das Viola und mir für viele Jahre sein schützendes Dach schenkte. Es gewährt mir einen Ausblick auf den Hafen. *Meinen* Hafen habe ich noch nicht erreicht. Das Fenster ist geöffnet, doch es öffnet sich nicht meinem Leben. Ich sitze hinter alten Mauern, und mein Leben schwebt, mich suchend, über den Dächern der Stadt.

Nein, es ist nicht Emils Tod, es ist das Schicksal, das seinen Tod herbeiführte, das mich berührt! Das Schicksal, das uns alle überlebt. Das Schicksal, das niemals vor seinem Opfer zu Bette geht. Das um seine Stärken weiß, und das uns Licht in dunklen Gassen spendet, nur, um uns dann darin verlieren zu lassen, wenn es das Licht ausbläst. Zurückgezogen in meiner Höhle der Vergessenheit lebe ich und bin dennoch nicht fähig, zu überleben. Als würden meterhohe Wellen Salzwassers sich auf mein Fenster stürzen. Schwemmt mich aus dem schützenden Gemäuer, tragt mich hinfort und all mein Leid, hinaus, ins offene Meer!

Seite an Seite

Vor ein paar Tagen bin ich am frühen Morgen nach Heversand gefahren, und habe das Grab Emils besucht. In Heversand war Emil wohl eher eine gespenstische Gestalt, die den Kontakt zu allen und jeden mied. Wen ich auch fragte, niemand konnte mir etwas von diesem Menschen erzählen. Seinen Vater kannten die Alten zwar noch – die übrigen zumeist aber nur noch aus Erzählungen. Die Alten im Dorfe erinnerten sich nicht mehr daran, dass er *Alte Theodor* überhaupt einen Sohn hatte. Einzig der alte Fischer Hans, mit dem ich am Hafen ins Gespräch kam, erinnerte sich noch gut an den alten *Leuchtfeuerwärter* und dessen Sohn Emil, da er letzteren selbst nach dem Tod des Alten bei sich aufnahm, bis er die Pflichtschule verließ. Hernach hätte Emil seine alte, ausgediente Fischerhütte bezogen, deren Dachboden er aber nur bewohnte, des Ausblicks wegen, und er hätte sich kaum noch blicken lassen beim Fischer Hans. Buchstäblich über Wasser gehalten hätte Emil sich mithilfe eines alten Fischerbootes, das Hans ihm zu seinem vierzehnten Geburtstag überließ, das er geschickt wieder in Fahrt gebracht hätte, und mit dem er täglich hinaus aufs Meer fuhr, um Fische zu fangen, die er dann verkauft hätte, so er für sich selbst genug gefangen hatte. Hans bezweifelte, dass irgendjemand wusste, dass dies der Sohn des alten Theodor, der früh gestorben war, sei. Emil erinnerte sich kaum mehr an seinen Vater, und gar nicht an eine Mutter. Der alte Fischer war es auch, der als einziger von den Begegnungen Emils mit Mareen wusste, und aus diesem Grunde für Emil ein Grab neben Mareens schaufeln ließ. Der alte Hans sah mich kaum an, während seiner Erzählungen, und war sichtlich beschäftigt, die Netze auf seinem Boot neu zu ordnen. Für einen Augenblick hielt er dann aber doch inne, um mich mit seinen tiefblauen, gütigen Augen anzusehen, ehe er mich an sich heranwinkte, und in nun wesentlich leiserem Ton weitersprach...

Mareen sei die Tochter des Landarztes gewesen. Eine vornehme und wohlhabende Familie, die ihr Anwesen unweit von Heversand hätte. Seit ihrem Tod ließe sich ihr Vater von einem jungen Arzt aus einem Nachbarort vertreten. Von ihrer Beziehung, ihrer Liebe zu Emil hätten ihre Eltern nie etwas erfahren. Es war wohl für beide, sowohl für Emil als auch für Mareen klar gewesen, dass diese Beziehung nur leben konnte, solange niemand davon wüsste. Als Landstreicher oder *Schwarzemesseprediger* hatte ihr Vater Emil nichtsahnend öfters in öffentlicher Runde bezeichnet. Auf der Felswand in der Bucht sei einmal ein rotes, *wahrscheinlich mit Blut gezeichnetes* Pentagramm entdeckt worden...

Emils Grab ist mit einem einfachen Holzkreuz, das lediglich mit seinem Namen versehen ist, gekennzeichnet. Längere Zeit habe ich vor dem Grab gestanden, und mein Blick fiel auf die welken Blumen auf dem Erdhügel. Margeriten.

Mein Blick fiel auch auf das benachbarte Grab, auf dessen Grabstein unter Helene, Frieda und Jens Thiess-Sonnewalde auch der Name Mareen zu lesen war. Mareen! Da lagen sie nun also, Seite an Seite. Zwei Gräber, eine Geschichte. Ich setzte mich auf die kleine Holzbank unter einer, der beiden Gräber gegenüberliegenden Birke. Eine Bank unter einer Birke...

Als säße ich auch reserviertem Platze, erhob ich mich plötzlich, und entfernte mich ein paar Schritte von der Bank, in Richtung Ausgangstor, als ich innehielt, und umkehrte. Aus meiner Tasche nahm ich ein Frühstücksbrot und legte es auf die Bank unter der Birke, ehe ich den Friedhof verließ, ohne mich noch einmal umzudrehen, als könnte ich ein verliebtes Pärchen in ihrer Zweisamkeit ertappen...

Unter den Schaumkronen

Ich hatte mein, ja, mittlerweile *mein* Buch mitgenommen, wollte es an meinem Leben Anteil haben lassen. Wieder einmal war ich zum Meer gegangen, diesmal hatte ich Mareen, wie ich es mir vorgenommen hatte, aus diesem Buche vorgelesen.

Tatsächlich habe ich dagestanden, mit dem Buche in der Hand, und hielt meine Rede, gleich einer Predigt. Das Buch habe ich in den Händen gehalten, und Mareen daraus vorgelesen. Das Sprachrohr des Emil bin ich gewesen. Nicht Jan, nicht ein Prediger, nicht ein Irrer. Meine Zunge hatte sich verselbständigt, hatte die Wörter heruntergelesen, wie die Namen auf den Grabsteinen, an denen man bei einem Friedhofsbesuch vorübergeht. Eine unendliche Ebene an Unschuld, an scheinbarem Nichtwissen. Das Meer, schuldig in seiner Unschuld. Weiße Schaumkronen einer nämlich nur scheinbaren Unschuld verbergen weit unter sich, am

Meeresgrund verkettet, einen toten Mann, der seine Hand ausstreckt nach einer *Wattenmeergängerin*. Ich kann nicht mehr ohne Hass auf es blicken, noch weniger aber den Blick von ihm abwenden.

Nie wieder werde ich diesem jungen Mann so nahe sein, wie an jenem *Meeresmorgen*, nie wieder werde ich ein Wort mit ihm wechseln können. Niemals werde ich ihn fragen können, warum er ausgerechnet mir sein Tagebuch vermachte. Was wohl damit geschehen wäre, hätten wir einander nie begegnet? Ich war diesem Mann seit unserer ersten und einzigen Begegnung nie mehr so nahe wie damals, und doch vielleicht am entferntesten. Denn, er hat es nun geschafft, hat diese Welt verlassen. Hat eine andere längst betreten. Was nur hat ihn dazu bewegt, diese Abkürzung zu nehmen? Niemand hat sein Ableben mitbekommen, niemand, der uns davon zu berichten imstande ist. Zeugen seines Todes waren einzig der alte Leuchtturm und das ewige Meer. Doch beide schwiegen verdächtig bei ihrer Einvernahme. Ob sie etwas zu verbergen hatten?

Zeuge des Geschehens

Ich saß am Ufer des Meeres, wusste noch nicht, ob es mir Freund oder Feind sei, sein wolle, und blickte wieder auf den alten Leuchtturm. Inzwischen schien es, als hätte die kleine Welt hier den tragischen Vorfall schon wieder vergessen. Das Meer hatte das Blut längst von den Steinen weggeschwemmt, es gierig zu sich genommen. Nichts deutete mehr auf den Zwischenfall hin. Das Meer schaukelte, gesättigt, gemütlich vor sich hin, Grashalme wogen sich im Wind und auch der alte Leuchtturm schmiegte sich an die Sonnenstrahlen, die den Weg durch die Wolkenmauer bewältigten, wie an eine heimliche Geliebte.

Ich würde mich, als unerwarteter Zeuge des Geschehenes, ihm gegenüberstellen, und skrupellos meine Fragen stellen.

Tor zur Ewigkeit

Ich wollte ihn sehen. Trotz fehlender Wegbeschreibung habe ich ihn unschwer gefunden. Nun also saß ich in diesem Leuchtturm, und ich saß am einzig geöffneten Fenster dieses Turmes und es hatte den Anschein, als hätte seither niemand diesen Turm betreten. Es ist, wie ich später erst bemerkte, wohl das Fenster in ein anderes Leben, das *Tor zur Ewigkeit*, von Selbstmördern wie dem alten Pfarrer Karl begehrt. Emil wählte dennoch einen anderen Weg. Er wird nie einer von vielen, einer unter den anderen, sein, in seinem Denken, in seinem Handeln, dachte ich.

Ein Leuchtturm mag er längst nicht mehr sein, umso mehr jedoch ein Turm der Erleuchtung! Mit ihm geht ein Leben zu Ende und beginnt ein Ende zu leben!

Es war ein alter, vom Salz aufgefressener Turm, der längst schon sein Licht verloren hat. Sein Dach schützt nicht mehr vor Regen und Schnee, sondern bietet nun Möwen Raum für Nistplätze und Schutz vor Unwetter. Einst war er der ganze Stolz Heversands, aber das ist lange her. Ob der alte Leuchtturm in stürmischen Nächten manchmal noch von früher träumt? Mit dem Bau des neuen Leuchtturmes wurde der alte Turm nach und nach außer Acht ge- und schließlich seinem Schicksal *über*lassen. Der alte Leuchtturm besitzt keine Türe mehr und die meisten der Fensterscheiben sind zerschlagen. Ob jemals jemand im Dorfe gewusst haben mag, dass Emil in diesem Turm noch immer sein eigentliches Zuhause gefunden hat, ist zu bezweifeln.

Im Dorfe mied man, wie ich von der alten Pfarrersfrau am Hafen erfuhr, den alten Leuchtturm, seit vor Jahren einmal deren Mann, der alte *Kreuz-Karl*, das Leben genommen hatte, indem er aus dem Fenster sprang und auf dem Felsen vor dem Turm zerschmetterte. Man sagt, dass seither sein Geist in diesem Turm wohne, und auf seine Frau warte, um sie mitzunehmen.

Niemand hätte sich um diesen längst verfallenen Turm gekümmert, seit dem Tod des alten Leuchtturmwärters Theodor, wie auch nicht um dessen Sohn Emil. Sein Vater läge begraben unter den Dünen, gleich hinter dem Leuchtturm, auf dem alten Matrosen – Friedhof.

Eckenloser Raum

Ein alter, sehr alter Holztisch. Knapp daneben eine halbe Flasche Korns. Eine abgebrannte Kerze. Daneben fünf oder sechs abgebrannte Zündhölzer, ein zerknittertes, weißes und unbeschriftetes Blatt Papier. Auf dem Boden, zwischen Sand und Möwenfedern eine Photographie eines jungen Mädchens. Mareen?

Mein Blick senkte sich auf die Photographie, die vor mir lag, und ich wagte ich es, sie in die Hand zu nehmen. Ich blickte auf ein schüchternes Mädchen, etwa siebzehn Jahre alt. Es schien vom Fotografierenden überrascht worden zu sein, war nur im Halbprofil zu sehen, schien sich entfernen zu wollen, drehte sich dann doch im letzten Moment um, oder ist von diesem (zurück)gerufen und nun fallen ihm die Haare wild und frech ins Gesicht. Ich nahm noch einmal diese Aufnahme in die Hand, hielt sie dermaßen nahe an mein Gesicht, als wollte ich dadurch die Gedanken dieses Mädchens lesen können, doch ich hörte nur das Rauschen des Meeres, welches das Licht des grauen Tages genüsslich verschlang.

Jetzt erst kam mir der Gedanke, die Photographie zu wenden, um etwa einen Vermerk auf der Rückseite zu finden. Es war wohl mehr als das, es war ein Gedicht Emils, fein säuberlich, dem Anschein nach mit einer Möwenfeder und Tusche geschrieben:

Ins tiefe Tal Vergangenheit
fällt mein Blick hinein -
will sich nicht befrei´n
von Deiner Liebe Endlichkeit.

Vor meinen Augen stehst Du da,
wie vor langer Zeit -
im weißen Winterkleid,
und weiße Rosen zier'n Dein Haar.

Ich will mit Dir verloren sein,
hier, in diesem Tal -
dieses eine Mal,
und bis zum letzten Tage mein.

Ich befand mich noch immer im herrenlosen Leuchtturm, konnte kaum noch etwas wahrnehmen darin. Nein, ich würde der Nacht nicht das Licht der Neugier zum Geschenk machen. Ich durfte hier nicht sein, nicht dieses Foto in Händen halten, durfte nicht aus dem geöffneten Fenster blicken. Ich hatte kein Recht darauf, und doch war ich der einzige, der sich dieses Recht eingeräumt hatte, dem dieses Recht immerhin, also doch, als solches eingeräumt worden war!

Fremde Mauern hatte ich durchbrochen, hatte den Keim meiner Lebendigkeit in ihr Innerstes gesetzt. Fremde Körper hatten sich an mich geschmiegt, doch selbst war ich auch nur ein Fremdkörper.

Kein Licht würde mehr leuchten aus dem ausgedienten Leuchtturm. Obwohl es schon dunkel geworden war, hatte ich keine Kerze angezündet. Kein Licht sollte Zeichen meiner Anwesenheit sein, sollte ein Wort über mich verlieren.

Ein alter Turm, am Rande des Festlandes, am Rande des Lebens und zugleich des Todes. So stand er da, und seine Tränen hatte das Meer mit sich hinfort getragen – hin, zum Matrosenfriedhof – wo es sie begraben wollte.

Erst jetzt, in der anbrechenden Dunkelheit, bemerkte ich ein, mit Emil, *Schlächter des Lichts, Wächter des Nichts* unterzeichnetes Gedicht an der Wand der Wendeltreppe:

Ich habe den Tag verträumt,
ich habe die Nacht durchwacht.
Ich habe den Tag versäumt,
ich habe die Nacht
zum Tag gemacht.

Oft sieht man das Wesentliche erst, wenn das Unwesentliche in der Nacht versinkt. Ich nahm einen Schluck aus der Flasche. Dieses Gedicht hat mich beschäftigt, denn es war irgendwie anders als seine anderen. Es verriet mir, dass es da auch - irgendwann zumindest - noch einen Funken Hoffnung gab, den Glauben daran, Negatives positiv zu sehen. Wo waren sie hin, der Funke und der Glaube?

Ich konnte nun nichts mehr sehen. Die fortschreitende Nacht fraß sich in meine Augen, fraß mich auf. Scheinbar leblos ließ ich mich in den Sessel fallen. Träume, Bilder, Gedanken... Emils Worte flogen um mich herum, ich habe sie nicht fangen können, konnte sie nicht fragen, wohin ihr Weg sie führe. Ein roter Streifen über dem verwesenden Meer. Ich griff in seinem bestialischen Gestank nach ihm, doch konnte ihn nicht berühren. Am Straßenrand stand ich, im Gestank längst gelebten Lebens, und versank in dessen Unwissenheit. Emil? War er hier? Ich konnte ihn atmen hören! War er es, der zu mir – der *aus* mir - sprach?

Er hatte mich in seinen Turm geführt - Emil - nun hatte er mich auch wieder herauszuführen! Warum nur hatte er nicht auf mich gewartet? Er hatte hier gelebt, in diesem Turm, nein, er war hier dahingestorben.

Am Fenster dieses Turmes mag Emil gestanden haben, der Tod wird ihm gut zugesprochen haben, sich fallenzulassen. Er würde ihn schon auffangen. Emil hat nicht auf den Tod gehört, ist ihm schlussendlich aber erst recht mit seinem kleinen

Fischerboot mitten ins Netz geschwommen. Er hatte dieses alte Boot genommen, um darin seine letzte Fahrt, hinaus aufs Meer, zu Mareen, anzutreten. Man hat das herrenlose Boot, mit dem frisch bemalten Namen *Charon*, offensichtlich benannt nach dem griechischen Fährmann, der die Toten über den Totenstrom in die Unterwelt brachte, Tage später erst gefunden, als es gegen eine Fähre gekracht war. Der tote Emil wurde im Meer treibend, etliche Kilometer entfernt von Heversand, von Fischern auf einem Krabbenkutter, entdeckt. Sie gingen von einem Unfall aus, wie ich von der Pfarrersfrau in Heversand erfuhr, weshalb das Begräbnis auch ein kirchliches gewesen sei. Ich nickte nur zustimmend. Ja, das muss es wohl gewesen sein. Ein schrecklicher Unfall.

Wir blicken in die Tiefe, werfen Dir eine Rose und einen letzten Blick nach, doch Du blickst ebenso auf uns herab. Warum nur sieht kein Trauernder zum Himmel, dem Gesicht der Toten, und also Dir ins Gesicht, wenn er die Blume ins Grab wirft?

Unsichtbare Hände

Ich hatte den Leuchtturm bei fortgeschrittener Dämmerung verlassen. Keinen klaren Gedanken mehr konnte ich fassen. Kein Licht mehr konnte ich als solches erkennen, keinen Wind mehr als solchen in meinen Haaren, und kein Salz mehr auf meinen Füßen spüren. Ich hatte diesen Ort in hellgrau betreten, und habe ihn in dunkelschwarz verlassen. Das Meer wollte ich sprechen, hatte doch so sehr auf seine Gegenwart gehofft, und dennoch empfing mich die unendliche Weite des Meeresbodens. Das Meer sei auf dem Weg, gedulden müsste ich mich eben nur eine Weile, vertrösteten mich herumschwirrende, getrocknete Sandkörner, die mich im abendlichen Meereswind umtanzten. Sie tanzten mir um die Ohren, spielten ein Spiel, spielten *ihr* Spiel mit mir, verkrochen sich in meinem Haar, ließen sich auf meine geöffneten Augen fallen und flüsterten mir Geheimnisse des Meeres zu.

IV.

Tausendsternehimmel

Das Treffen mit Emil war ein einziges, ein einzigartiges, Treffen! Ich versuche, ihn auszublenden, wie er sich ausblendete, versuche, nicht an ihn zu denken, wie auch er nicht an sich zu denken schien. Vergeblich.

Ich befinde mich in Krakau, meiner Kindheits-, meiner Mutter-, meiner Lebensstadt. Hier versuche ich, zu vergessen. Die Gassen dieser Stadt sind meine Adern. Ihre Plätze meine Gedanken. Ihre Kirchen mein Glauben und ihr Leben mein Tod! Ja, ich befinde mich weit entfernt von meinem jüngsten Leben und noch viel weiter von meinem Leben davor. Doch, kann ich mir so einfach davonlaufen? Vielleicht sollte ich einfach am Wegesrand anhalten und Blumen pflücken. Blumen werden oft unbeachtet stehen gelassen, vom Tode verschont, und doch vom Leben nicht wahrgenommen, oder aber gepflückt und vielleicht zu einem prachtvollen Hochzeitsstrauß oder einem malerischen Trauerkranz zusammengebunden.

Ist es nun nicht schöner, vom Tod gesehen, denn vom Leben übersehen zu werden?

Ich erinnere mich an meine Mutter. Meistens ist sie zugegen - ich kann es spüren - spätestens aber, sobald ich die polnische Staatsgrenze überschreite. Meine Mutter war Polin mit Leib und Seele. Ihren Leib hat sie Hamburg geschenkt, ihre Seele aber blieb stets in Krakau, dessen polnische Erde schlussendlich auch ihren Leib einforderte.

Ich habe die polnische Seele mit der Muttermilch aufgesogen und die deutsche mit dem ersten Bier, das ich mit meinem Vater beim Angeln getrunken habe. Damals war ich fünfzehn Jahre alt, und meine Mutter war längst schon tot.

Bei ihrem Tod war ich keine zehn Jahre jung. Ich wuchs in Hamburg auf, mit meinem deutschen Vater, doch in meinen Adern floss stets polnisches Blut. Mein Vater hatte meine Mutter geliebt, doch nie so sehr, wie sie mich geliebt hatte, und ich wiederum hatte meinen Vater geliebt, in jedem Moment, und in allem, was er tat, er war doch mein Vater. Meine Mutter aber habe ich immer um einen Tag mehr geliebt. Um einen Sonnenaufgang, um einen Sonnenuntergang mehr. Um einen Stern am *Tausendsternehimmel* mehr.

Engelsstaub

Mein Vater hat meine Mutter kennengelernt, als sie ein junger Mensch war. Ein kleiner Mensch in einer großen Welt, als welchen sie sich stets bezeichnete, sprach sie von jener Zeit. Sie war aus Polen nach Deutschland gereist, um die andere Welt, um jene Welt kennenzulernen, die ihr bislang nur aus Erzählungen vorbehalten gewesen war. Sie hatte Hamburg besucht und war ihr und meinem Vater augenblicklich verfallen.

Meine Mutter liebte es, auf die Schiffe im Hafen zu blicken, sie zu zählen, von ihnen zu erzählen, und immer, wenn sie ein Schiff, das sich auf die Reise machte, sah, wünschte sie ihm sehnsüchtig eine gute Fahrt, und ankommende Schiffe hieß sie mit größter Leidenschaft Willkommen. Ich erinnere mich an unzählige Nachmittage am Hafen, an denen ich mit meiner Mutter am Turm des Michels saß, und wir auf die Schiffe im Hafen herabblickten. Eines nebeligen Tages, so meine Mutter einmal zu mir, würde sie vom Turm losfliegen, um die

erste zu sein, die ein herannahendes Schiff im Engelsfluge begrüße, und sicher in den Hafen brächte. Ich verstand damals den tieferen Sinn natürlich nicht, erfreute mich viel eher der Vorstellung eines fliegenden Engels.

Irgendwann dann aber ist meine Mutter vom Turm des Michels, ohne Engelsflügel, im Morgengrauen in ihre Freiheit gesprungen. Vom Freitod meiner Mutter habe ich erst spät erfahren. Mein Vater hatte mir gegenüber stets von einem *tragischen Unfall* gesprochen, und ich habe daran nie gezweifelt, kannte ich den Turm auch sehr gut und hätte also eigentlich wissen müssen, dass es schier unmöglich ist, ungewollt vom Turm zu stürzen.

Mein Vater betrat nie wieder in seinem Leben den Turm des Michels. Auch ich mied es für lange Zeit, den Turm zu besteigen, geschweige denn mich überhaupt in die Nähe der St. Michaelis Kirche zu begeben.

In bereits längst erwachsenem Alter betrat ich aber schließlich doch wieder die Kirche, um für meine Mutter in Ihrer geliebten, in meiner geliebten, ja, in unserer stets gemeinsam geliebten Kirche eine Kerze anzuzünden. Ich hatte an diesem Tag nicht nur das plötzliche Verlangen, nach Jahren immerhin, diese Kirche zu betreten, ich wollte auch hinauf zum Turm. Natürlich sah ich nun alles mit anderen, mit *erwachsenen* Augen. Meinen Vater habe ich nie auf meine späte Erkenntnis angesprochen, habe ihm überhaupt vom Besuch des Michels erzählt.

Tatsächlich war meine Mutter gefangen gewesen in ihrer Welt, gefangen in der Liebe meines Vaters zu ihr. Ihre Seele war in einem anderen Land, ihr Herz hatte Polen nie verlassen, doch nun forderte mein Vater es ein. Er war durchnässt von ihren Sehnsuchtstränen, und er wollte es nicht wahrhaben, dass meine Mutter nur zum kleinen Teil lebendig war, hier in Hamburg. Sie hat ihre Sehnsucht nie überwunden, hat hier niemals ein Zuhause gehabt. Ihr Frust, ihr Kummer hat sich in sie hinein gebrannt, ein Geschwür, das sie innerlich auffraß. Sie wusste es, und sie wollte ihn nicht erleben, den Moment, in dem das Schiff ein letztes Mal im letzten Hafen einläuft.
Damals war kein Schiff am Anlegen, und kein Elfenstaub glitzerte im Nebel. Einzig der Staub am Fuße des Kirchturms wirbelte kurz durch die Luft, als meine Mutter die Erde unsanft berührte.

Himmelstränen

Mein Vater hat sich in meine Mutter verliebt, in jenem Augenblick, als er zum ersten Mal ihre nassen Haare sah. Es hat unaufhörlich geregnet, und meine Mutter hat auf einer Bank gesessen, als schien die Sonne und sie schien den Regen gar nicht mitzubekommen. Mein Vater war auf einem seiner üblichen ausgiebigen Spaziergänge, die er tatsächlich täglich, ungeachtet des Wetters, unternahm, und war auf meine Mutter mit ihren nassen Haaren aufmerksam geworden. Von diesen nassen Haaren hatte er immer wieder gesprochen, mein Vater. Sie lugten hervor unter der rostbraunen Wollmütze, die meine Mutter damals so gerne trug, und ringelten sich ein zu einer großen Locke. Mein Vater sprach immer nur von den großen, grünen Augen meiner Mutter, und der großen Locke darüber, von der ab und an ein übermütiger Regentropfen einen Sprung auf die Nasenspitze wagte. Er bot ihr an, sich mit ihm den Regenschirm zu teilen, aber meine Mutter dachte gar nicht daran, von der Bank aufzustehen. So setzte sich mein Vater zu ihr, den Regenschirm über beide haltend, und eine Geschichte nahm ihren Anfang...

Denke ich an meine Mutter, auf dieser Bank sitzend, im Regen, so denke ich unweigerlich an Mareen und schließlich an Emil, der sie auf dieser Bank sitzend vorfand, im Regen, völlig durchnässt. Der Himmel mag wohl schon so vieles gesehen haben, das uns jedoch verwehrt bleiben wird, hat er es doch mit seinen Tränen längst weg gewaschen...

Gedankenlicht

Gestern bin ich angekommen, und die erste Nacht in diesem Hotelzimmer habe ich sehr unruhig verbracht. In meiner eigenen Heimat bin ich inzwischen ein Fremder geworden, gleichwohl, wie in meiner eigenen Haut, wie ich manchmal denke. Hier bin ich zu Hause, doch das Haus bleibt mir verschlossen. Woran ich gedacht habe? An wen ich dachte. Ich habe es lange nicht mehr gesehen, dieses Blau ihrer Augen. Habe mich lange, schon viel zu lange, nicht mehr darin verloren.

Ich war auf der Flucht vor den Gedanken an Viola, ja, denn auch ich habe mein Schicksal erlebt, wenn es hier vielleicht auch untergegangen ist wie ein Stein im Meer. Ja, auch ich leide und habe gelitten.

Auch ich sehe kein Licht mehr hinter den Gedanken an meine Zukunft. Und doch scheinen meine Sorgen sich in Nichts aufzulösen, denke ich an Emil und Mareen oder an meine Mutter.

Er hat mich nicht nur meiner Gedanken an Viola beraubt, nein, er hat sie als unbewusst lächerlich dargestellt. Emil lässt mich unweigerlich sein Schicksal mit dem meinem vergleichen. Doch, sein Schicksal ist längst besiegelt, nicht meines! Er liegt in einem kalten Grab! Nicht ich! Er hat sich aus dem Lebensboot in die Todeswellen gleiten lassen! Nicht ich! Nicht ich! Und schließlich ist er tot, ich lebendig!

Ja, tot ist er, und hat nun alle Zeit der, wie auch immer neu zu definierenden, Welt, mich zu holen. Ja, holen will er mich auf alle Fälle, nicht alleine sein will er. Mareen wird er wohl nicht gefunden haben, in dieser anderen Welt. Darum will er mich nun haben.

Ist man erst mal tot, hat man lange Zeit, um über sein Leben nachzudenken.

Doch, wo ist Viola? Wo ist sie?

Ich lasse mich fallen, reiß´ mich los von Emils Ketten, löse mich los von Margeriten auf einem Erdhügel, und lasse mich fallen. Nein, nicht in sein Grab, sondern in meine gelebten und erdachten

Welten. In allen diesen finde ich sie wieder. Viola. In allen meinen Welten bist Du, in allen Räumen meines Gedankenhauses. In jeder Blume meiner Gedankenwiese. Mag ich Dich im Winter unter der Schneedecke auch nicht immer wahrnehmen – im Frühling, ja, in jedem Frühling spätestens kommst Du aber wieder zum Vorschein, stehst plötzlich wieder vor meiner Türe. Öffne ich diese auch nicht, Du bist geduldig, denn Du weißt, dass früher oder später ich sie öffnen muss, um Luft zu bekommen, in meinem fensterlosen Haus.

Ich sehe Dich nicht, öffne ich auch meine Augen. Ich höre Deine Stimme noch, doch auch sie verschwimmt in meiner Wahrnehmung. Man sagt, die Stimme eines Menschen vergisst man zuerst...
Deine Stimme aber höre ich immer noch in mir. Sind wir also noch am Anfang des Vergessens? Haben wir noch nicht begonnen, uns aufzulösen im Geiste des anderen?

Mit Emil habe ich dagestanden, am Ufer der Unendlichkeit, der scheinbaren Unendlichkeit. Noch bevor er mir seine Geschichte erzählen konnte, erwähnte ich Dich, Viola. Wüsste ich, dass Du tot seist, wäre die Trennung leichter für mich zu verarbeiten, als im Wissen, dass Du für immer verschwunden seist, weil Du es so wolltest, habe ich ihm gestanden.

Emil hat mich angesehen mit einem fragenden und einem verständnisvollen Auge. Doch beide Augen waren dunkel und undurchschaubar, wie das Geheimnis der Nacht. Sein Mädchen war tatsächlich tot – und doch schien er mich zu verstehen. Getauscht hätte er aber wohl dennoch gerne mit mir. Und ich mit ihm.

Krakau, 31.Oktober

Im Licht des Mondes

Geflohen bin ich an einen Ort, nur um Dir fern zu sein, doch dieser Ort brachte mich Dir nur wieder ein Stück näher. Bewege ich mich auf dem Erdball von einem Punkt weg, so nähere ich mich ihm ja dennoch zugleich um genau dieselbe Distanz wieder von der anderen Seite. Emil und sein Leben ohne Geliebte, und schließlich Tod ohne Gelebtem. Sein Schicksal hat mich bewegt. Hat mich vor allem zurück zu Dir bewegt. Sollte es so sein? Ich glaubte nie an das Schicksal, ehe ich es persönlich kennenlernte. Ja, ich gehöre wohl zu jenen

Menschen, die erst an etwas glauben, wenn sie es sehen. Dich sehe ich nicht mehr, aber dennoch glaube ich an Dich. Du bist die Ausnahme, wie es sie auch geben muss. Gott sei Dank! Obwohl auch ihn ich noch nicht gesehen habe!

Es ist untypisch kalt für diese Jahreszeit, obgleich es hier immer etwas kälter ist als anderswo. Morgen ist der erste November, und ich werde einen Friedhof aufsuchen. Es gibt so viele Gräber, an denen ich morgen gerne stünde. Mit einer Kerze in der Hand, mit einem Gedanken im Kopf... Angekommen und beinahe erfroren, aber am Leben. Immerhin. Ich lebe diesen Tag und sterbe diese Nacht. Schaue ich aus dem Fenster, so werde ich geblendet von gelbem Licht. Das Fenster habe ich geöffnet. Ich brauche Luft, brauche das Gefühl der tauben Fingerspitzen, den Moment, in dem das Zimmer die Außentemperatur annimmt. Ich brauche Leben im Raum - und in mir. Vielleicht sollte ich noch einen Spaziergang machen. Nur vor zum Marktplatz, nicht weiter. Ich werde nicht erfrieren, in meinem Herzen ist es immer noch um ein paar Grade kälter. Kälte schadet meinem Herzen nicht mehr. Wer den Winter im Sommer erlebt, ist darauf nicht vorbereitet. Man stirbt oder härtet ab. Deinen sommerlichen Winter, Viola, habe ich im Herzen überlebt, doch ist es nun taub und also gefühllos. So schweben wir, mein Herz und ich, Hand in Hand im Nebel und blicken das gelbliche Licht der Straßenlaterne. Ich trauere um mein Herz während dieses die Trauer herzt.

Ich wäre mit ihm gegangen!

Noch nie habe ich einen derartigen Nebel erlebt. Die Türme der Kirche am Platze ragten die scheinbare Unendlichkeit. Das Läuten der Glocken habe ich vernommen, doch konnte es trotz Sicht auf den Glockenturm räumlich nicht zuordnen. Als schwebte der Boden unter meinen Füßen. Immerzu den Glockenschlag im Ohr, gelbes, den Nebel durchbeißen wollendes Laternenlicht und mir zu Füßen liegender Frost auf den Steinplatten des Platzes. In einer anderen Welt war ich, und ich wollte sie nicht mehr verlassen. Warum hat er mich nicht in diesem Augenblick geholt - habe ich bloß nicht erkannt im Nebel? Ich wäre mit ihm gegangen in diesem Moment!

Das Licht im Leben

Es ist der Morgen des ersten Novembers. Ich bin erwacht und mein Blick fällt auf das geöffnete Fenster. Frost, wie so oft hier um diese Jahreszeit.

Sogleich werde ich mich auf den Weg zum alten Friedhof und zum Elterngrab machen. Eine Kerze wird heute hinter der Friedhofskapelle brennen. Für ihn, dessen Grab weit entfernt dieser Gräber liegt, der selbst wohl weit entfernt der grauen Wolken über mir schwebt.

Schwebende Gesichter

Ich habe gestern den Friedhof aufgesucht, doch erst zu späterer Stunde. Eigentlich war ich bereits am Weg dorthin, doch führte mein Weg mich zuerst durch die Stadt, ihre Kirchen und heiligen Plätze. Die Sonne war meine ständige

Wegbegleiterin, obschon sie es schwer hatte, sich den Weg durch die Wolkenmauer zu ebnen. Hie und da verlor ich sie, doch fanden wir einander stets bald wieder, spätestens an der nächsten Kreuzung. Zumeist wartete sie bereits auf mich, doch lernte auch ich mitunter, entgegen meiner bisherigen Gepflogenheiten, auf das Licht in meinem Leben zu warten.

Immerzu schweben ihre Gesichter vor mir. Violas und Emils. Immerzu höre ich Emils und Violas Gedichte in mir. Auch Viola hat Gedichte geschrieben. Meistens dann, wenn sie etwas verbal nicht in Worte fassen konnte, schrieb sie es mir in Gedichtform auf irgendeinem kleinen Zettel, auf meinem Handrücken oder gar auf meinen Jeans auf. Ich vermisse die Vergangenheit, vermisse Violas Gedichte, vermisse Viola.

Viola ist von mir gegangen, wie auch Emil von Mareen verlassen wurde. Viola und ich sind getrennt, doch Emil und Mareen vereint. Aber wer kann das schon tatsächlich mit Sicherheit behaupten? Ob er sie gefunden hat? Ob sie ihn noch kannte, kennen wollte? Ob er glücklich ist? - endlich wieder? Ich kann Viola im Leben nicht mehr finden, ob Emil Mareen im Tode fand? Auch wenn nicht, so hat er wohl die größere Chance dazu, Mareen doch noch zu finden, schließlich hat er weitaus mehr Zeit dazu. Seinen ganzen Tod lang schließlich...

Elterngrab

Das Grab meiner Eltern liegt hier, auf diesem Krakauer Friedhof, wie also auch sie irgendwo auf diesem, im wahrsten Sinne des Wortes, liegen! Mit dem Blick zum Himmel, dabei sollten sie doch längst schon von ebendiesem herabblicken.

Es ist ihre letzte sogenannte Ruhestätte. Ihr letzter Weg führte an diese Stelle, vom Tode bekleidet, von Lebenden begleitet.

Meine Eltern, sie waren nicht lange meine Eltern – hier auf Erden - zu früh habe ich sie verloren, dennoch werden sie natürlich immer meine Eltern sein. Meiner Mutter habe ich versprochen, sie niemals zu vergessen. Damals war ich gerade neun Jahre alt geworden, und ich habe mir geschworen, mein Versprechen einzuhalten. Sie verstarb noch am selben Tag.

Ich habe mir noch viele Jahre lang abends immer ihr Foto angesehen, nur um nicht ihr Gesicht zu vergessen, habe mir ihre Briefe durchgelesen, die sie mir manchmal in meiner Schultasche versteckte, habe mir mit ihr letztes

Parfumfläschchen manchmal das Polster oder ein Taschentuch eingesprüht, nur um sie nie in Vergessenheit zu geraten lassen. Ich wollte sie doch keinesfalls enttäuschen...

Irgendwann war das Parfumfläschchen leer gewesen, und mein Polster verlor nach und nach den Geruch des Parfums, den Geruch meiner Mutter, bis mein Vater, unwissend, den Polster eines Tages gewaschen hatte, und ich ihn nicht mehr besprühen konnte.

Tatsächlich kämpfe ich heute damit, mich an die Stimme meiner Mutter zu erinnern. Vielleicht aber auch deshalb, weil sie immer seltener zu mir sprach, bis sie eines Tages gänzlich schwieg.

An mein Versprechen habe ich immer gedacht, wann immer ich mit meinem Vater zum Friedhof gefahren bin. Ich erinnere mich noch heute an die Last, die ich – im wahrsten Sinne des Wortes – auf mich zu nehmen hatte, als ich meinen Vater vor dem Grabe meiner Mutter stützte. Regelrecht brach er zusammen davor – über mir, und in diesem Moment wurde stets er zum Kind, das ich zu stützen hatte.

Mein Vater ist zerbrochen am Tode meiner Mutter, ist tatsächlich, im wahrsten Sinne *zerbrochen* daran wie ein gläsernes Grablicht, das dem Wind nicht mehr standhält, und auf der Grabplatte zerschmettert und dessen Flamme dadurch erlischt. Auch die innere Flamme ist an jenem Tage erloschen. Mit dem Tod meiner Mutter haben sich augenblicklich die Rollen in unseren Leben vertauscht. Mein Vater wurde zum hilflosen Kind und tauschte somit ungefragt seine Rolle mit der meinen. Ich erinnere mich an die Besuche am Grabe meiner Mutter, als mein Vater, sein Gewicht auf mir lagernd, mein Wimmern übertönte, und sich in Selbstmitleid verlor, mich, den mutterlosen Sohn vergessen habend, bis ich ihn schließlich darin zu finden, und an das Ufer der Lebenden zu ziehen hatte.

Meine Mutter starb, als sie – und auch ich – noch viel zu jung dafür waren. Als sie starb, blieb die Welt für einen Augenblick stehen. So, als säße man in einem Bus, der plötzlich, vor einer zu schnell rot gewordenen Ampel, stehenbleibt, und man bewegt sich dennoch noch einen kurzen Moment weiter. Genauso erging es mir in ebendiesem Moment: Die Welt blieb stehen und ich bewegte mich weiter. Nun war ich das lose, rote Herz, das, kurz stillstand, gegen die Windschutzscheibe geschleudert wurde, langsam an dieser zu Boden rutschte, sich wieder emporhob, nur um einmal noch, ein letztes Mal, emporzurichten am Sarge der Mutter, um daran eine letzte Blutsträne zu vergießen.

Mein Vater hat meine Mutter um etliche Jahre überlebt, ehe er eines Nachts – endlich – von gütiger Hand in den endlosen Traum der Wiedervereinigung gewiegt wurde.

Dreiundzwanzig Jahre und siebzehn Tage war ich nicht mehr Kind. Dreiundzwanzig Jahre und siebzehn Tage musste ich warten, um endlich um meine Mutter weinen zu dürfen. Nun aber waren zwar alle Tränen in meinem Innersten versiegt. Versiegt, niemals aber besiegt.

Herzensrose

An den Tod meines Vaters denke ich nur manchmal. Mein Vater, ich erinnere mich, war schon zu schwach gewesen, um ihm, dem Tod, gegenüberzustehen. Zumeist hatte er in seinem Bett gelegen, und mag wohl gewusst haben, wen der ungebetene Gast wiederum als den seinen empfangen würde. Er hat sich nichts anmerken lassen, sein Stolz war noch am Leben, ja, hat ihn schließlich überlebt. Als er starb, war sein Name bereits am heute in Efeu gehüllten Grabstein eingraviert, und nicht nur sein Name, auch sein

Todesjahr, als er wusste, dieses nicht mehr zu überleben. Auf dem Stein ist in der ersten Reihe nicht der Name meiner Mutter, sondern jener meines Vaters eingraviert. Dies hatte er noch zu beider Lebzeiten veranlasst, in der Gewissheit, er stürbe zuerst. Mein Vater ließ niemals eine Rechnung offen. Jede offengelassene Rechnung würde einem am Ende wieder präsentiert. Und dann könne es ein sehr großer, nicht mehr zu begleichender Betrag entstehen, wie er immer und immer wieder predigte.

Gestorben ist er freilich dennoch, denn der Tod kennt keine guten Menschen. Er sehnt sich nach Nahrung, und der Hunger unterscheidet nicht zwischen gut und schlecht - er will gestillt werden. Ein gutes Leben schmeckt nicht besser als ein schlechtes. Lebendig muss es sein, um dem Tod gerecht zu werden...

Der Name meiner Mutter mag versiegen im Sande des Weges von der Aufbahrungshalle zum Grabe, er mag das Licht der aufgehenden Sonne hinter der Friedhofskapelle nicht mehr erblicken, er mag die Stimmen der weinenden Engel nicht mehr vernehmen...doch immer wird er jedes einzelne Blatt meiner *Herzensrose* zieren.

Ein alter Grabstein, der den Namen meiner Eltern und somit sich in Schweigen und Efeu hüllt. Er verrät nicht, wen er unter sich versteckt. Ich teile mein Geheimnis mit ihm...teile mein Geheimnis mit einem Stein, der eher das Schweigen brechen würde als ich...

Meine Eltern waren nie zufrieden, nie erfüllt vom Leben und die Zukunft haben sie immer gefürchtet. Gelebt haben sie in der Vergangenheit, lediglich gestorben sind sie in der Gegenwart. Tot aber werden sie für alle Zukunft sein.

Mein Lebensschiff

Warum ich seit Kindesalter Märchen hasse? Spätestens jetzt wird es mir klar. Es gibt sie nicht, die Feen, die guten Geister, an die Kinder glauben. Sie existieren nur in Märchen! Sonst säße ich nicht immer noch auf der anderen Seite des Lebens, Violas Lebens. Gute Geister existieren nicht und auch keine Feen. Als Kind habe ich es ja schon befürchtet, und dennoch blickte ich manchmal hoffnungsvoll in die Luft, ob ich vielleicht nicht doch eine kleine Fee im Licht der Straßenlaterne erblicke. Einmal habe ich das blinkende Licht eines

Flugzeuges, das weit über uns vorüberflog, tatsächlich für die Laterne einer Fee gehalten, bis meine Mutter mich mitleidig über den Kopf streichelte, und meinte, dass man Feen nur mit geschlossenen Augen sehen könne, und auch nur dann, wenn alle bösen Geister der Welt zur Nacht schliefen. Nicht verraten hatte sie mir, dass auf einer Seite der Welt immer Tag ist...

Die Hoffnung stirbt bekanntlich zuletzt – doch nicht auf meinem Lebensschiff, denn hier bin ich der Kapitän, und ich also verlasse es, sinkt es, zuletzt. Krakau liegt nicht am Meer - hier gibt es keinen Hafen, hier wird Viola nicht zusteigen, hier werde ich das Schiff nicht verlassen können. Festland und Meer. Leben und Tod. Viola und Jan.

Gänseblümchen

Es war eine kalte Mondnacht im März. Unweit des Friedhofzaunes liegt das Grab meiner Eltern. Es war Nacht geworden, und das schwere Eisentor war verschlossen, gewährte keinem Lebenden Ein- und keinem Toten Ausgang. Die Dunkelheit legte sich mit all ihrem Gewicht auf die Grabdeckel der Wehrlosen, und begann die Sterne am

Märzhimmel zu zählen...

Viola wollte ich an meiner Eltern Grab führen, jedoch bot der Friedhofszaun uns keinerlei Schlupfloch. Meinen Blick wandte ich ab vom Tor, hielt mein Mädchen an der Hand, führte es weg vom Friedhof und wurde dennoch zugleich von ihr dorthin geführt, denn Viola nahm wiederum meine andere Hand, und ehe ich mich wehren konnte, waren wir entlang des Zaunes gelaufen, zu jener Stelle, in deren Nähe auf der gegenüberliegenden Seite das Grab meiner Eltern lag. Violas Hand ließ mich los, und in der Dämmerung vernahm ich nur mehr ihre Gestalt, wie sie in einiger Entfernung sich zu Boden senkte, sich wieder erhob, mit einer Blume in der Hand und schließlich den Friedhofszaun hochkletterte.

Viola hatte den Zaun überwunden, und stand mir schließlich, auf der anderen Seite desselben, gegenüber. Ich sagte nichts, denn nichts war in diesem Moment zu sagen. Der Moment selbst hatte bereits für sich gesprochen. Mein Mädchen trat an das Elterngrab, legte das Gänseblümchen, als welches ich es nun erkannte, auf den Grabdeckel, hielt einen kurzen Moment inne, ehe sie den Weg, zurück zum Friedhofszaun antrat, um diesen noch einmal zu überwinden.

Noch heute sehe ich dieses Gänseblümchen am

Grabe leuchten. Ich sehe die langen Haare Violas, die sich beinahe im Friedhofszaun verfangen, sehe das zufriedene, bescheidene Lächeln in ihrem Gesicht und sehe ihre hilfesuchenden Hände.

Feen, es gibt sie wohl doch, wenn auch nicht im Märchen, nein, vielmehr wohl aber im wahren Leben!

Ich habe keine Flügel

Ich habe eine Fee gesehen, habe sie eingefangen – wurde vielmehr eingefangen von ihr, und wieder losgelassen. In ihren Händen hielt sie mich, behutsam, als wäre ich es gewesen, der Flügel hätte. Als wolle sie einem Vogel die Freiheit schenken, öffnete sie ihre Hände, und hob mich in die Lüfte. Ich aber habe keine Flügel! Zu Boden bin ich gefallen, und mit gebrochenen Beinen und Rippen habe ich dagelegen. Ihre Augen suchten mich am Himmel doch zugleich brachen ihre Füße mir unbemerkt die letzten Knochen.

Meine Fee – in ihren Augen spiegelt sich der Himmel wider, Blumen in allen Farben erblühen in ihrem Haar. Von ihren Händen getragen zu werden, gleicht dem Schlafe auf samtenem Polster, doch unwissentlich klebt auf ihren Fußsohlen mein Blut...

Am Ufer des Kerzenmeeres

Inmitten des Friedhofes erhebt sich eine Kapelle, und dahinter schlummern die Gedanken an Verstorbene in einem Lichtermeer von Grabkerzen. Unzählige Lichter, die gegen die Dunkelheit, unzählige Gedanken an Tote, die gegen den Tod ankämpfen. Der Tod vermag es, die Leiber unser Liebsten mit sich zu nehmen, niemals aber ihre Seelen oder Gedanken an sie. Ein Lichtermeer also, das den Tod ausleuchtet, durchleuchtet, das Licht in den Tod bringt, und die Dunkelheit tötet.

Ich hielt eine Grabkerze in den Händen, und stand am Ufer dieses Kerzenmeeres, wie unlängst am Ufer des Meeres bei Heversand. In winterlichen Temperaturen verlor ich mich, und fand mich wieder in der Wärme des leuchtenden Meeres, das mich wie ein Lavastrom zu umgeben schien. Ich bewegte mich weg vom Ufer der zum Leben Erdachten. Ja, ich habe dagestanden in der Kälte des Lebens, und näherte mich dem wärmenden Kerzenmeer des Todes, an dem ich mich viel wohler und geborgener fühlte als eben zuvor.

Meine Kerze und eine Schachtel Zündhölzer in Händen haltend, bewegte ich mich also in eine unbestimmte Richtung vorwärts, und verlor mich sogleich wieder in Gedanken zwischen den Gräbern. Mein Blick streifte über all die diese, die in ihrer Lichterpracht beinahe nicht mehr zu erkennen waren. Ein junges Mädchen beobachtete ich, als es andächtig eine Reihe von blauen Kerzen auf einem Grabdeckel anzündete. Es erhob sich wieder, und sein Blick fiel auf das benachbarte Grab, das keine einzige Kerze schmückte. Es beugte sich nochmal über das eben erleuchtete Grab, und nahm eine der Kerzen in seine Hand, um sie auf das andere Grab zu stellen.

Wahrlich, kein Grab blieb in dieser Nacht unbeleuchtet, wie ich auf meinem weiteren Wege beobachten durfte. Zum zweiten Mal erst war ich ohne meinen Vater zu Allerheiligen auf diesem Friedhof. Der letzte Besuch am Grabe der Eltern, mit meiner Fee, lag auch schon Jahre zurück.

Es sind seltene Momente, in denen ich einen Friedhof aufsuche, um tatsächlich an die verstorbene Person zu denken. Diesmal, wie auch unlängst in Heversand, verlangte mein Innerstes danach.

Ich war gefesselt von der Stille und dem Licht auf diesem Friedhof. Der Toten wurde gedacht, wie wohl niemals der Lebenden, dachte ich. Ein Lichtermeer, ein Menschenmeer und ein noch viel größeres Totenmeer. Doch keinen Laut vernahm ich auf meiner Irrfahrt durch diese Meere. Schloss ich meine Augen, so war es, als wäre ich ganz alleine auf diesem Friedhof, ja, auf dieser Welt.

Die große Kapelle war ein ständiger Leuchtturm im Meer der Toten und der Lebenden. Niemand also konnte verloren - sondern lediglich wiedergefunden werden!

Im Schein tanzender Kerzen

In diesem marmornen Meer schwimmend erreichte ich für einen kurzen Moment das Ufer und hielt mich fest an einem Grabstein. Die Hand einer am Ufer stehenden Person hielt mich fest, und zog mich aus den Wellen der Toten wieder an den Strand der Lebenden.

An diesem Grabe hatte sie schon eine Weile gestanden. Unsere Blicke trafen einander, und ich wagte nicht, als erster von uns beiden das Wort zu erheben. Im Schein der Kerzen betrachtete ich das Gesicht der Frau, die nun mit zittriger Hand tatsächlich eine Zigarette am Spiel ihrer Finger teilhaben ließ. Es war eine sehr dünne und zierliche Zigarette, wie es einer Dame, die sie offensichtlich war, geziemt. Sie nahm ein neues Zündholz aus der Schachtel, die sie immer noch – bislang völlig unbemerkt – in ihrer linken Hand versteckt hielt, und brachte ihre hauchdünne Zigarette zum Qualmen. Das Zündholz pustete sie nicht aus, sondern wartete, bis es selbst den Überlebenskampf aufgab, ehe sie es wieder in die Schachtel gleiten ließ.

In Erwartung einer kritischen Bemerkung stand die alte Dame mir gegenüber, und genoss sichtbar die Züge von ihrer Zigarette. Ich hütete mich, ein Wort von mir zu geben, fragte mich im selben Augenblick, warum ich wohl nicht einfach weitergegangen war und zugleich jedoch, ob ich nicht zuvor doch ein Wort von mir geben sollte. Meine Gedanken wurden schließlich durchbrochen von den Worten der alten Dame. Nach etwa drei oder vier Zügen von ihrer Zigarette ließ sie selbige zu Boden fallen, um sie mit ihrem rechten Schuh kreisförmig dem Friedhofsboden gleichzumachen. Mein Blick haftete an ihrem ledernen Schuh und plötzlich an ihrer zarten Hand, die, nach Erheben und Beiseite stellen des Fußes, nach dem Filter der Zigarette griff, diese spielerisch in ihre Finger nahm und ihn mit einer schnellen Bewegung in einer dem Grabe gegenüberliegendem Papierkorb warf.

„Das ist Ludwik, mein Mann" sagte sie. Und noch ehe ich eine Antwort von mir geben konnte, wandte sie den Zeigefinger auch schon wieder vom Grabstein, und deutete auf den Filter, und ergänzte: „Aber auch das ist er!". Wieder war die alte Dame schneller, als meine Gedanken. „Und beides ist er doch nicht mehr"!

Hätte ich, in diesem Fall war es ohnehin nicht so, aber hätte ich eine Antwort darauf gewusst, ich hätte sie zurückgehalten. Noch wusste ich nämlich nicht, was mir dieser Mensch mitteilen wollte. So sprach dieser weiter: „Hier liegt mein Mann, aber natürlich liegt er nicht mehr hier"! Und ergänzend: „...hat er nie gelegen!". „Mein Mann ist vor über sieben Jahren gestorben, - hier, auf dieser Welt, hier, für diese Welt. Nicht für meine Welt, nicht für seine und schon gar nicht für unsere *gemeinsame Welt*. Ich besuche sein Grab, aber ich besuche nicht sein Grab, und schon gar nicht besuche ich sein Grab alleine, denn er ist bei mir, begleitet mich. Ich besuche höchstens ein Denkmal, und auch dieses müsste ich nicht besuchen, denn ich denke auch ohne es an ihn. Wir also stehen vor diesem Grab, und ich rauche eine Zigarette. Ein paar Züge davon, denn anders habe ich es nie getan. Mein Mann hat sie immer zu Ende geraucht. Ich werfe die Zigarette nicht weg, nach ein paar Zügen, nein, mein Mann raucht sie zu Ende. Er steht neben mir, zu meiner linken, wie Sie zu meiner rechten stehen, in diesem Augenblick. Darf ich Ihnen meinen Mann vorstellen?"

Ich zuckte zurück, ließ beinahe die sich immer noch in meinen Händen befindliche Kerze zu Boden fallen, schlussendlich mich aber nicht abschrecken von den Erzählungen der alten Frau, sondern bemühte mich redlich um eine Konversation.

„Warum also stehen Sie mit Ihrem Mann am Grabe desselben?". „Weil mein Mann nur hier zugegen ist", antwortete sie mit schnellen Worten. Ihre Augen waren im Schein der Kerzen kaum zu vernehmen, so sehr suchten sie Schutz in ihren Höhlen. „Natürlich", so setzte sie, als sei sie mir die tatsächliche Antwort schuldig, fort, „weiß ich, dass mein Mann auch hier nicht zugegen ist. Warum sollte er sich hier aufhalten, und nicht in unserem Wohnzimmer? Warum also gehe ich überhaupt zu diesem – und ich sage nicht seinem - Grabe? Genau hier haben wir einander kennengelernt, das war...mein Gott, wie lange ist es her?! Ich weiß wohl, dass die Welt damals noch in Ordnung schien. Sie war es sicher auch damals schon nicht mehr, aber um Politik habe ich mich ja nie so gekümmert. Hätten mein Mann und ich einander also am Bahnhof oder am Dichter-Denkmal am Hauptplatz kennengelernt, so würde ich dort meine Zigarette rauchen, in Gedenken an meinen Mann. Dass ich also hier am Friedhof stehe, ist nichts mehr als Zufall, Schicksal, wenn Sie es so nennen wollen. Kennengelernt habe ich Ludwik, meinen Mann noch dazu am Todestag meines Bruders, der hier auch begraben liegt!" Sie deutete auf das Grab vor uns. „Das Grab Ludwigs Vaters liegt nicht weit von hier", fuhr sie fort, „es war kurz nach dem Krieg, der meinen Bruder mit sich nahm, und auch Ludwiks Vater nicht auf dieser Welt zurückließ, als wir einander hier kennengelernten. Eine Kerze in seinen Händen, ein Zündholz in den meinen führte bald zum Gespräch. Sehen Sie, genauso etwa, wie auch Sie gerade Kerze und Zündhölzer in der Hand halten...

In meiner Schachtel hatte ich noch zwei oder drei Zündhölzer, die ich Ludwik anbot. Er bedankte sich auf die höflichste Art und Weise, und schenkte dem Grablichte für seinen Vater das Feuer meines Zündholzes. *Nachbarschaftsdienst*, so die Dame, habe er es genannt. Mit demselben Feuer habe er sich auch eine Zigarette angezündet, und sei schließlich zum Grabe ihres Bruders herüber getreten, nicht ohne zuvor nach Erlaubnis zu fragen. Dass Ihr Bruder und Ludwiks Vater gekannt hätten können, wolle sie bezweifeln. Dennoch hätten sie zueinander gehört, ab dem Moment des Kennenlernens. Als hätte sie, wie sie meinte, diesem Mann mit ihrem Zündholz zugleich das Licht des Lebens (zurück-)gegeben. Ludwik war um ein paar Jahre, sicher zehn oder mehr, wie sie damals schätzte, älter als sie, und hatte in seinen Augen bereits den Tod gesehen. Sie wusste, ahnte, dass sie beim nächsten Besuch des Brudergrabes am Grabe des Vaters des Unbekannten ein Blumenmeer finden würde, zu Ehren des hinterbliebenen Sohnes. Ihn zu retten hätte es damals für sie gegolten. Er war in etwa im selben Alter ihres verstorbenen Bruders. Viel zu jung, um tot zu sein.

Er sollte leben, und er sollte eine Zigarette rauchen am Grabe ihres Bruders, aber er sollte nicht sterben. Er sollte nicht den Krieg überleben, um hernach den Toten des Krieges in Frieden zu folgen. Darum hatte sie ihn zu sich gebeten, hatte ihn also gebeten, am Grabe des Bruders eine Zigarette zu rauchen, was sie andernfalls niemals und niemanden jemals gestattet hätte.

Ludwik sei an ihres Bruders Grab getreten, habe aber nur ein paar Züge der Zigarette genossen, ehe er sie in einen Papierkorb warf, wie die alte Dame mir erzählte. Er hätte sie bedankt für die Gastfreundschaft, küsste ihr auf höflichste Weise die Hand, und verließ den Friedhof.

Ein paar Wochen darauf hätten die beiden einander wieder getroffen, wie die Dame erzählte, und keiner hätte es gewagt, den anderen anzusprechen, obschon man sich grüßte.

Eines Tages aber begab es sich, dass die alte Dame am Grabe ihres Bruders stürzte, mit dem Hinterkopf am Grabe aufschlug und bewusstlos am Boden liegen blieb. Sie mag wohl schon Weile dagelegen haben – bunte Blätter hatten bereits begonnen, ihr ein *herbstliches Kleid* anzulegen, als Ludwik sie zufällig sah, zu ihr eilte und sie auf Händen bis in das nahegelegene Spital trug.

Ewelina, so der Name der alten Dame, sei erwacht im Glauben, sich bereits im Himmel zu befinden, als sie einen festen Druck um ihre linke Hand verspürte. Ludwik hatte sie gehalten und weichte keinen Moment von ihrer Seite, während sie bewusstlos dagelegen hatte.

Dies sei der Anfang einer langen Geschichte gewesen, und wie Ewelina erzählte, sei Ludwik seit dem ersten Treffen beinahe jeden Tag am Friedhof gewesen, in der Hoffnung, Ewelina wieder zu sehen.

Sie hatte sein Leben gerettet, und er schließlich das ihre. Eine Geschichte, die 1947 ihren Anfang genommen hatte, und beinahe fünfzig Jahre, oder aber, wie es scheint, mittlerweile doch weit über fünfzig Jahre währte.

Ich müsse wissen, so sie, dass sie sich ihr ganzes Leben lange gefürchtet hätte vor dem Augenblick, in dem ihr Mann stürbe – so er dies vor ihr täte. Sie habe, solange ihr Mann gelebt hatte, ständig nur an die Zeit gedacht, in der er bereits gestorben sein würde, ob sich ihre Welt dann noch drehe, ob ihr Leben noch lebenswert sei, ja, tatsächlich, ob sie noch leben werde wolle. Diese Gedanken hätten sie ihre ganze Ehe lang begleitet, und sie wäre Außer Standes gewesen, sich dagegen zu wehren, und einfach den Moment als solchen zu leben, das gemeinsame Hier und Jetzt zu genießen. Erst seit dem Tod ihres Mannes hätte sie wiederum ausschließlich nur an die Zeit, in der er noch lebte, zurückgedacht. Erst jetzt, freilich viel zu spät...

Ich sei ein junger Mann – wenn ich, und das hoffe sie von ganzem Herzen, auch jemanden so liebe, wie sie es tat und freilich immer noch täte, solle ich

145

nicht an die Zukunft denken, solle ich nicht denselben Fehler machen wie sie! Ich solle heute nicht an morgen denken, um morgen an gestern zu denken - solle nicht in Gedanken leben, für die der Tod sich bedanke!

Dass er nicht gegangen, sondern lediglich vorausgegangen sei, beteuerte die alte Dame, deren Alter, wie sie in einer Anmerkung anklingen ließ, bereits dreistellig war. Sie und ihr Ehemann wären so lange zusammen gewesen, sodass er, mit ihrem Segen, die paar Jahre ohne sie ruhig genießen könne, ja, solle, denn es käme der Tag, an dem sie folgen würde. Von da an würden sie noch ewig Zeit füreinander haben, wie die alte Dame in beinahe satirischem Tonfall von sich gab, nicht aber, ohne liebevoll lächelnd dabei ihr Amulett zu berühren. In diesem Amulett, wie sie mir gegen Ende unserer Begegnung offenbarte, trug sie stets das Bild ihres Mannes, welches während eines Schi-Urlaubes entstand. Es war, wie ich nie erfuhr, der erste und einzige gemeinsame Schi-Urlaub gewesen. Man schrieb das Jahr 1956.

Das Grab meiner Eltern habe ich in jener Nacht nicht besucht, und auch habe ich das Licht meiner Kerze nicht, wie geplant, den Toten gewidmet, sondern vielmehr den Lebenden. Viola und mir. Da stand sie also, unsere violette Kerze, angelehnt an die Mauer der Kapelle. Unser Licht! Möge es leuchten und bestehen, weit über den Tod dieser Kerze hinaus!

Namenloses Leben

Ob ich Emil jemals wiedersehen werde? Ich habe ihn in meinen Träumen schon oft gesehen, es ist, als wolle er mich darin festhalten. Als griffen seine Arme über den Schlaf hinaus in den Tag nach mir. Er verfolgt mich, spricht zu mir, seine Worte kann ich jedoch nicht verstehen. Es ist, als ob er unter Wasser zu mir spräche. Als versuche er mir in jedem meiner Träume, etwas mitzuteilen. Ob er Mareen gefunden hat?

Als Emil und ich einander am Meer trafen, erzählte er mir auch von der Stimme, die er immer wieder hörte. Oftmals sei er zum Fenster gestürzt oder gar aus dem Leuchtturm, in der Hoffnung, Mareen stünde vor ihm, denn schließlich sei es ihre Stimme gewesen, die er deutlich vernahm. Doch es war nicht die ihre, sondern vielmehr jene des Windes, der sie am Meeresboden gefunden hatte und nun mit sich trug und ein Spiel mit Emil trieb. Oft habe Emil in seinem Bett gelegen und Mareens, vom Winde verschluckte, Stimme um den Leuchtturm pfeifen hören. Mit zugehaltenen Ohren sei er dann eingeschlafen, um sie endlich im Traum zu sehen. Immer wieder habe er dann auch tatsächlich von ihr geträumt, doch nie hätte sie zu ihm gesprochen. Stumm, ihrer Stimme beraubt, sei sie gewesen.

Der Winter kommt

Hamburg, meine Stadt, unsere Stadt, habe ich vor Tagen in Richtung Krakau verlassen, nicht aber, um Viola fern zu sein, sondern viel eher um ihr nahe zu sein, denn ich bewege mich – nicht nur geographisch – hin zu ihr.

Nicht nur mich hat sie verlassen, sondern auch unsere Stadt. Unsere Plätze und Gassen und unsere Bank an der Alster. Sie hat diese Stadt aufgegeben, wie sie mich aufgegeben hat, hat ihr Leben zurückgelassen wie sie schließlich sich zurückgelassen hat.

Viola, ich habe nicht gelernt, mit meinem Schicksal zu leben, wie auch Du es nicht hast! Du hast ganz einfach diese Stadt verlassen, im Glauben und in der Hoffnung, dass alles andere damit auch zurückbleiben würde. Doch wie willst Du ein Stockwerk erbauen auf ein Haus ohne Grundmauern? Wie also willst Du auf Dein Leben bauen, wenn Du die Vergangenheit für null und nichtig erklärst?! Du wohnst in einer anderen Stadt, in einem anderen Land, ja, lebst in einem anderen Leben, und hast dafür nur ein Zeltdach über Dir! Doch der Winter kommt bald!

Atemloses Leben

Viola zu vergessen bedeute für mich ein atemloses Leben. Ich spüre sie, diese Sehnsucht nach dem Tod. Der Tod, mein notgedrungener Ausweg. Viel eher sehnte ich mich doch nach dem Leben. Das Leben mit Dir!

Augenblicklich muss ich an Emils Angst, Mareen betreffend, denken: Was, wenn Du nicht auf mich wartest, Du vergisst, dass ich an Dich denke, Du also mich vergisst?

Ich könnte wohl eher mit dem Gedanken leben, Dich, die Du mich nicht vergessen hast, loszulassen, als Dich gar zurückzugewinnen, neu kennenzulernen, wissend, dass Du jeden Gedanken an mich getilgt hast. Dass Du mich vergisst, wäre die noch größere Strafe, als jene,

149

dass mich verlassen hast!

Was wäre geworden aus mir, wenn *Du* Dich dem Wattenmeer versprochen hättest, wenn Du also nicht mehr heimgekehrt wärst? Hätte ich den Verlust genauso empfunden, wie in meiner tatsächlichen Situation?

Ich erinnere mich an den Tag, an dem ich Dich am Ufer des Wattenmeeres kennenlernte, wie an keinen anderen. Ich rieche den nassen Meeresboden, spüre den Sand, den der Wind von den Dünen herüber wehte, spüre die Sonne auf meinen ausgetrockneten Lippen. Du schienst von all dem nichts mitbekommen zu haben, wogst Dich selbst in den Schlaf der Unschuld über das Leben. Im Licht der Nordseesonne schimmerten die Sandkörner, die Dich umgarnten, wie Sterne den Mond in einer Vollmondnacht.

Es war ein vielleicht zu perfektes Bild, um es zu zerstören, wie ich es rücksichtslos tat. Die wunderbarsten Momente sind mit keinem Fotoapparat, mit keinem Wort festzuhalten. Ich habe das schönste Bild, das meinen Augen jemals geschenkt wurde, vernichtet, es zu Grunde gestampft, in dem ich zu Dir sprach. Zu Dir, die Du mir mit Begeisterung lauschtest und Dich mir versprachst, nie wieder aber habe ich ein derartiges Naturschauspiel gesehen, wie an jenem Tag. Ist nicht jedes Glück, um als solches erkannt zu werden, abhängig von seinem Gegenstück?

Manchmal wünsche ich mir eine Antwort herbei, öfters noch den Tod, doch am meisten wünsche ich mir Dich herbei. Du, Viola, bist die Antwort auf meinen Tod!

Immer wieder muss ich daran denken, wie es mir ergangen wäre, wenn Du gestorben wärst, und ich weiß, dass es mir (und ich schreibe es tatsächlich aus) besserginge, als es mir jetzt geht. Zu wissen, dass es Dich noch gibt, mich aber keines Blickes mehr würdigst, ist wahrlich der weit größere Schmerz, als Deinen Tod zu beklagen. Ist es unrecht, so zu denken? Was würde Emil wohl sagen? Nein, sein Leid soll hier nicht dem meinigen auf einer Waagschale gegenüberliegen. Ist nicht immer das eigene Leid das größte? Dich tot zu wissen, gäbe keine Hoffnung auf ein Wiedersehen, doch bringt auch Dein Gehen keine Hoffnung mehr darauf. Wäre der Tod nicht eine, auf gewisse Weise, beruhigende Gewissheit, nach der die Ungewissheit über Deine Gedanken, Dein Handeln und Streben ihre hilflosen Arme ausstreckte?! Der Tod besiegelt, was das Leben nicht besiegt!

Emil ruht. Ich kann und werde nicht ruhen, ehe ich Dich nicht noch einmal gesehen habe. Emil, er ruhe in Frieden, ich jedoch werde wachen. Angekettet, wie ein Hund, komme ich weder los von Dir noch darf ich in Dein Haus. Hasserfüllt und todkrank, aus Liebe zu Dir, die mich im Innersten auffrisst und mit meinem Blut Dir einen letzten Gruß an Deine Türe schreibt.

Am Grunde des Sees

Der Tag, an dem ich Dich kennenlernte, war zugleich der Tag, an dem ich das Leben zum ersten Mal spürte und, wie ich nun weiß, unbewusst auch den Tod. Es war wie mit Gott, von dem alle sprechen, den aber niemand noch gespürt, wahrgenommen hat. Alle sprachen sie vom Leben, doch auch ich glaubte erst daran, als ich es am eigenen Leibe verspürte. Dich, Viola, habe ich am eigenen Leibe verspürt in der ersten Sekunde unserer Begegnung. Du hast meinem Leben erst die Berechtigung seiner Bezeichnung gegeben, hast mein Herz zum Schlagen gebracht. Du, Viola, hast mir gesagt, was es heißt, zu lieben und zu leben, geliebt und gelebt zu werden, und hast dennoch kein Wort dabei verloren! Deine

Blicke haben zu mir gesprochen, doch sie haben niemals eine Antwort erwartet. Auch ich bin verstummt, denn kein Wort vermag das Gefühl der Liebe zu beschreiben, und auch ich maße mir nicht an, es zu vollbringen. Was ich fühle und fühlte, endet in meinen Fingerspitzen. Sie vermögen es nicht, dieses Geheimnis zu verraten, es zu Papier zu bringen. Es bleibt in mir, und niemandem soll es sich offenbaren. Dir, Viola, ergeht es ebenso. Du magst verdrängen, was in Dir lebt, doch auch Du wirst es nicht töten können. Unsere Geschichte, unser Geheimnis ist wie das Wasser: es schleicht herum, lässt sich verdrängen, doch es findet immer wieder neue Wege, und kehrt auch immer wieder zurück, wenn auch manchmal über Umwege.

Krakau, 3.November

Meine Reise zu Dir

Ich bin wiedererwacht. Ein weiterer Tag scheint mit vergönnt zu sein. Oder hat der Tod mich bloß übersehen? Um diese Jahreszeit hat er ja allerhand Termine, da und dort. Ich nehme diesen Tag als

Geschenk an, und habe ihn doch beinahe zur Hälfte schon verschlafen.

Ich weiß nicht, ob wir einander jemals wiedersehen werden, Viola und ich, aber zumindest *ich* möchte sie nochmal sehen. Einmal noch. Heimlich, still und leise.

Viola, ich brauche Dich, Du aber *ver*brauchst mich, und doch muss ich diesen Weg antreten. Vielleicht, um zu sehen, dass es möglich ist, dieses Leben ohne Dich. Ich muss es zumindest versuchen, denn ein Leben ohne Dich sollte mein Ziel sein, und nicht ein Leben ohne mich. Ach, wärst Du nur hier, um mir beizustehen, Dich zu überstehen!

Ich werde meine Reise zu Dir antreten, und unweigerlich denke ich schon wieder an Emil, der dieses Tagebuch am Beginn seiner Reise zu Mareen begonnen hatte. Ich denke daran, dass ich es vermutlich war, mit dem er vielleicht sein letztes Gespräch führte, und vor allem immer wieder, dass er mir dieses Tagebuch hinterlassen hat. Ich hätte es liegenlassen können, vielleicht sogar sollen, habe es aber nicht getan, sondern, ganz im Gegensatz dazu, setzte und setze ich es sogar fort. Meine Geschichte wird unweigerlich zur Fortsetzung Emils Geschichte, wie Emils Geschichte meine Vorgeschichte wird. Ich versuche, Abstand zu nehmen, mein Leid nicht mit Emils zu vergleichen, und tue doch nichts Anderes, indem ich in sein und nunmehr mein, schlussendlich in *unser* Buch schreibe. Er hat mich gefesselt. Zunächst mit seiner Geschichte, sodann mit diesem Buch. Was hat mich veranlasst, in es zu schreiben? Emils Einträge, meine daraus entstandenen Gedanken, die sich naturgemäß weiterentwickelten und folglich verselbständigten und schließlich diese leeren Seiten, die mir, wie lange niemand, einfach nur ein guter Zuhörer sind, ohne sich mit einem Wort einzumischen. Dieses Buch nimmt mir einen großen Teil meiner Last ab, denn ich kann mich ihm öffnen, wie sich auch dieses Buch mir öffnet. Niemand, der mich mit Ratschlägen belehren will, niemand, der mich kritisieren will. Aber leider auch niemand, der mir beisteht, mich wahrnimmt. Ich bin alleine. Im Innersten alleine, und nun, da ich mein Innerstes leere, noch viel mehr alleine. (Ja, es gibt eine Steigerung des Alleine-Seins!). In meinem Innersten befindet sich ein hallender Raum. Hier kann mich niemand mehr hören. Ich bin eingesperrt hinter einer eisernen Türe. Den Schlüssel zu dieser Türe halte ich Händen, doch das Schloss ist nur von außen zu öffnen. Ich schreie nach mir, doch öffne nicht die Türe, verliere mich im Hall des Raumes und tausende Stimmen stürzen sich auf mich. Ich kann meine Stimme nicht mehr vom Echo unterscheiden. Dieses Echo schließlich drückt mich zu Boden, setzt sein Knie in mein Genick und peitscht mit seinen *Widerhallworten* meinen Rücken aus, bis sie sich mit meinem Blut vermengen. Ich verstumme, habe keine Kraft mehr, nach Hilfe zu schreien, und mit mir stirbt auch das beschwerende Echo: Ich atme wieder. Ein Teufelskreis, dem ich mit Schweigen den Teufel auszutreiben imstande bin, denke ich. Wer nichts sagt, dem kann nichts nachgesagt werden!

Tod im Wattemeer

Ein blaues, mattes Stielglas. Ich sehe es noch genau vor mir. Vom Rand des Glases hinunter zum Stiel immer heller werdend. Viola hat dieses Glas zu Beginn unserer Beziehung in einer Auslage gesehen, und sie hatte sich sofort in es verliebt. Es war, wie unsere Beziehung, ein Einzelstück, und wohl deshalb auch so besonders, so wertvoll. Sie hatte mir davon erzählt, und ich wusste, wohin mein nächster Weg mich führen würde. In der Auslage des kleinen Geschäftes am Eck sah ich schließlich dieses Glas stehen. Ich habe es gekauft, und konnte meine innerliche Freude nach außen hin nur mühsam verbergen. Ich fand eine passende hölzerne Dose dafür, und bettete es ein darin, in einem Meer aus Watte...ein Wattemeer! Da schlummerte es vor sich hin, und es schien, als hätte man auf es vergessen. Tatsächlich war es so gekommen, und ich hatte große Mühe, es wiederzufinden, als es mir wieder einfiel. Ich wartete damals auf den idealen Moment, um Viola dieses besondere Glas zu schenken, und dachte gelegentlich, dass nun zwar vielleicht ein guter Moment sei, aber vielleicht doch noch ein besserer käme.

Ich habe es Viola nie geschenkt, und als wir am Ende unseres gemeinsamen Weges uns in einem Streit verloren, wusste ich auch sogleich, Viola nun endgültig verloren zu haben, und mit ihr, als ich den dumpfen Klang von Scherben in der von ihr an die Wand geworfene Holzschachtel vernahm, auch dieses Glas. Unsere Beziehung ging schon vor dem Glas in Brüche, war also noch viel zerbrechlicher gewesen als jenes.

Ich habe damals die Scherben des Glases Stück für Stück aufgelesen, und wieder in die Holzschachtel gelegt, ja, es eines Tages sogar wieder zusammengeklebt. Vielleicht wollte ich darin ein Omen sehen. Dieses Glas stand und steht für mich für unsere Beziehung, unser Geheimnis. Es hat uns von Anfang an begleitet, und schließlich folgte es uns, treu ergeben, bis in den Beziehungstod.

Ich habe lange, schließlich vergebens auf den richtigen Moment gewartet, um Viola dieses Glas zu schenken, und habe jedoch nicht gesehen, dass jeder einzelne, gemeinsame Moment an sich schon der richtigste ist. Dass es nicht darum geht, den richtigen Moment abzuwarten, sondern lediglich, ihn als solchen zu erkennen. Und es gibt täglich tausende davon, sie sind doch eigentlich nicht zu übersehen. Ich habe sie übersehen! Tausende perfekte Momente, nur um den perfektesten abzuwarten. Unzählige kleine Kerzen leuchten doch viel heller auf der Torte als die eine große Lebenskerze!

Krakau, 9.November

Vierteilung

Ich fühle mich, als würde ich geviertelt. Vier Kräfte, die an mir in jeweils einer

Himmelsrichtung zerren: das Leben, der Tod, Emil und Viola.

Das Leben will mich mit sich nehmen, will mich retten, will mir diese Qual ersparen, doch es zerrt am wenigsten an mir, aus Angst wohl, es könne mir weh tun, mich gar an den Tod verlieren. Dieser hingegen zieht mit aller Kraft an mir, und er hat tatsächlich am meisten Kraft. Auch er will mir diese Qual ersparen, und mich mit sich nehmen. Auch er, wie er beteuert, meint es gut mit mir, und doch auf eine andere Weise als das Leben. Der Tod hat, im Gegensatz zum Leben, aber mehr Gelassenheit, denn er weiß, dass ich ja ohnehin früher oder später mit ihm gehen werde müssen. Er kann das Leben nicht ausstehen, doch er weiß, schlussendlich der stärkere zu sein, und dank dieser Gewissheit wiegt er sich in seinen Stolz. Das Leben wird zwar gerne mit ihm in einem Atemzug genannt, doch es weiß, dass diese Atemzüge gezählt sind, und erst mit dem Tod des Lebens der Tod zu leben beginnt. Er hat also keine Eile. Die alte Dame am Friedhof fällt mir momentan ein. Sie erinnert mich an den Tod, denn auch sie gab ihrem Mann gerne den Vorsprung, im Wissen, dass sie ihn ohnehin früher oder später einholen würde. Wie leicht ist es doch, seinem Gegner laufen zu lassen, im Wissen, dass der Weg im Abgrund endet. Wie leicht, aber auch wie feige?!

Emil ist es, der ebenfalls versucht ist, mich auf seine Seite zu ziehen. Ich blicke ihn nicht an, denn auch er erinnert mich an den Tod. Auch er will mich an seiner Seite wissen, unser Gespräch fortführen. Ob er mir von dem Wiedersehen mit Mareen erzählen will? Er hat kaum Kraft, und doch krallt er sich in mein Fleisch, verankert sich in meinen Knochen. In meinem Schmerz erwache ich plötzlich beim Anblick Violas. Sie spricht nicht zu mir. Ich bin es gewohnt. Ihre Augen starren mich an, ohne sich auch nur einmal zu schließen. Ob sie noch lebt? Viola, Du bist die einzige hier, die mir nichts von Ihrem Vorhaben verrät. Ein Geheimnis, sowie das unsrige! Warum zerrst Du an meiner Hand? Soll ich etwa mit Dir kommen? Bist Du nur versucht, mich dem Tod zu entreißen? Ist es Dein Begehr, mich zu Tode zu foltern? Willst Du es gar sein, die mir den erlösenden Todesstoß gibt?

V.

Hamburg, 14.November

Die Lächerlichkeit meines Seins

Zwischen uns liegt ein großer Ort. Keine Grenze im Norden, keine im Süden, und doch vorhanden. So weit entfernt, dass sie nicht mehr greifbar sind. Keine Ost- und keine Westgrenze, und doch gezogen, klar, wie mit einem schwarzen Stift auf weißem Papier.

Ich befinde und finde mich immer wieder darin. In diesem Gebiet, dass Du, Viola, mir abgesteckt hast. In einem Gebiet, das ohne Dich ich nie verlassen kann. Du bist weit entfernt. Weit weg von diesem Ort. Lässt mich alleine - nicht nur für heute, nein, für immer! Wenn selbst ich diese Immer überlebte, wüsste ich wohl nicht, wie ich handeln sollte. Ich lebe Tag für Tag dahin. Dem Nichts entgegen. Sollte ich Dir etwa danken, dem Nichts danken, einfach dafür, dass es mich leben lässt? Was ist ein Leben, das nur mehr dahinsiecht? Wofür? Dafür, dass es am Ende beweisen kann, stärker zu sein als das Nichts? Ist es das, wofür wir unser Leben geben? Es ist nicht schwierig, stärker zu sein, als etwas, das es nicht gibt. Soll dies unser größtes Ziel hier auf Erden sein? Wohin hast Du mich katapultiert? Ans Ende der Welt? An den Anfang? Klar ist, nichts ist vorhanden. Will ich etwa dieses Nichts mit meinem lächerlichen Sein auf Gottes Feld durchbrechen? Wie armselig...

Ich schreibe diese Zeilen an Dich, die Du diese vermutlich niemals lesen wirst. Du hast mir die Nacht nicht nur zum Tag gemacht, sondern auch meinen Tag an die Nacht verschenkt.

Hamburg, 18. November

Gottes Wein

Heute habe ich einen kleinen Spaziergang rund um die Binnenalster gewagt. Mein Weg führte natürlich auch vorbei an Violas und meinem Treffpunkt, an unseren Platz also, wollte ich doch diesen eigentlich schnell vorbeiziehen lassen an mir. In jenem Moment aber kam mir ein junges Mädchen, mit roten Backen und Schneeflocken in den Haaren entgegen, drückte mir einen kleinen

Zettel in die Hand und lächelte mich an.
Auf dem Zettel war nichts weiter zu lesen als:

Warum hörst Du auf zu beten,
weil Du Gott nicht siehst?
Lass´ Dich nicht vom Teufel treten,
bis Dein Blut ihm fließt.

Halte fest an Deinem Glauben,
Du wirst glücklich sein!
Iss nicht von den Teufels Trauben,
trink´ von Gottes Wein!

Ich habe diesen Text gelesen, habe ihn mir zu Herzen genommen, und zusammen also sind wir, mein Herz und ich, zum Hauptbahnhof Hamburg geschritten, und haben eine Flasche vorzüglichsten roten Weines erstanden...
Am Hafen habe ich mein ausgeblutetes Herz mit frischem, rotem Blut aufgefüllt. Für einen kurzen Moment hatte ich einen Funken jenes Gebets im Kopf, das ich als Kind immer beim meiner katholischen Großmutter beten musste, doch, bei aller Anstrengung, es wollte mir nicht mehr einfallen. So löschte ich den letzten Funken des Gebets mit Gottes Wein, weil ich ihn ja doch nicht sah…

Einer muss gehen!

Der erste Schnee. Die Geburtsstunde des Winters ist eingeläutet, mit ihr die Todesstunde des Herbstes. Es ist nicht genug Platz für alle da. Einer muss gehen! Es verhält sich wie mit Leben und Tod, wie mit Tag und Nacht, wie mit Emil und mir. Musste er mir weichen? Habe ich seine Weichen gestellt? Hat er sich mir gestellt? Nein! Er ist spurlos aus meinem Leben verschwunden, und doch spüre ich seine Gegenwart. Nicht um mich herum, nein, in meinem Innersten. Es ist, als spräche er aus mir. Er bestiehlt mich meiner Worte, reißt sie an sich, gibt ihnen neue Form, haucht ihnen neues Leben und alten Tod ein, um sie dann hier auf Papier zu bringen. Er ist nicht tot, nein! Er macht sich breit in meinem Kopf, in meinen Gedanken, in meinen Träumen, lebendiger als je zuvor! Er beraubt und beschenkt mich zugleich, nimmt mir den Atem und beatmet mich, nimmt mir das Leben und wiederbelebt mich, verkörpert mein Leben und lebt in meinem Körper!

Binnenalster

An diesem eisigen Weihnachts-Wintertag habe ich heute dort gestanden. Unten, an der zugefrorenen Binnenalster. An dieser Stelle füttere ich im Sommer gerne die Schwäne. Nun war es nicht Sommer. Und auch die Schwäne waren nicht da. Nur ich stand da. Die Hände in den Manteltaschen, die Gedanken an einem anderen Ort. Weit weg von diesem See.

Frieren ließ mich dieser kalte Wind. Unerträglich nahezu. Ich starrte auf den dünnen Eisboden, der den See bedeckte, starrte dorthin, und wusste nicht, ob ich mich der Kälte wegen nicht mehr bewegen kann, oder ob es einfach keinen Grund mehr gäbe, mich zu bewegen. Vielleicht wollte ich einfach erfrieren, hier und jetzt.

Man würde mich finden, spätestens im Sommer. Mit Gedanken, verewigt im Eis der Vergangenheit, mit längst aufgetauten Stückchen Brot in den Händen. Für die Schwäne.

Mein Silvestertag

Wie oft habe ich wohl schon an meinen Tod gedacht? Ich habe nicht mitgezählt. Ob ich ihn danach fragen sollte? Ich bin mir sicher, er wüsste die Antwort. Wer freut sich nicht, wenn jemand an einen denkt?

Ich frage mich, in welchem Monat ich mich gerade befände, vergleiche ich mein gesamtes Leben, also auch noch die vor mir liegende Zeit, mit einem Kalenderjahr. Geboren wurde ich also am ersten Januar, mein Todestag wird demnach der 31. Dezember sein. Wann aber wird die Hälfte meines Lebens, wann meine Nacht zum ersten August sein? Wir schweben unser Leben lang zwischen dem ersten Jänner und dem 31. Dezember, ohne zu wissen, welchen Tag wir haben.
Wann war ich das Kind? Ich sehe einen kleinen Buben auf einer Blumenwiese, mit kurzen Hosen, heute bin ich erwachsen - mich wärmt ein langer Mantel. Damals wärmten mich der Sonne Strahlen, heute spüre ich eiskalten Wind. Und also wieder der Wind, Hauch der Sterblichkeit, Atem des

Todes, der von immer lauter werdenden Glockentönen übertönt wird.

Sind es etwa Silvesterglocken?

Totenschein, unser

In meinem Postkasten lag heute ein Brief von Viola. Ich habe ihn darin liegengelassen, habe es nicht gewagt, ihn zu öffnen. Wovor habe ich nur Angst? Ich liege ja bereits tödlich verwundet am Boden, wovor soll ich mich noch fürchten? Davor etwa, dass der Feind mir den Todesstoß versetzt, mich endlich erlöst? Ich glaube, es ist viel eher dieses Gefühl, die leise Ahnung, dass dies vielleicht das allerletzte Mal sein würde, dass Viola zu mir *spricht*, ich sie dann nie wieder so nahe an mir wissen werde. Will ich das überhaupt noch?

Es ist wie mit dem letzten Buch Thomas Bernhards, das ich nie gelesen habe, und auch nie werde, denn nur somit lebt dieser, von mir so sehr geschätzte, Autor weiter im Wissen, dass es immer noch etwas gibt, das ich nicht kenne. (Auch Emil spricht einmal von Thomas Bernhards Anstreicher. Ob er ihn wohl ausgelesen hat?) Ich behüte sozusagen ein Geheimnis, erhalte die Neugier, und erhalte schließlich Thomas Bernhard am und in meinem Leben, in dem ich ihn nicht lese, ihn nicht *auslese*, nicht zu Ende lese, und ihn also nicht sterben lasse.

Natürlich bleibt stets das Risiko, zu sterben, ehe man also auch das letzte Buch gelesen hat, doch damit muss man leben, muss man irgendwann sterben. Um das Leben zu ertragen, muss man manchmal auf Dinge verzichten, die es bereichern würden.

Und Viola, auch Dich *lese* ich nicht zu Ende. Deinen Brief zu öffnen bedeute ja doch nur, unseren Totenschein in Händen zu halten. Er soll verschlossen bleiben, wie unser Grab, das sich vor Hunger nach uns zerrt.

Hamburg, 25. Jänner

Mutter

Mutter, heute bin ich beim Michel gewesen, wie so oft, und habe einmal mehr an Dich gedacht, eine Kerze angezündet an jener Stelle...

168

Doch auch das Licht dieser Kerze bringt kein Licht in das Geschehene. Es lässt Dich in der Vergangenheit immer kleiner werden, bis Du zu einem nicht mehr wahrzunehmenden Punkt verschwindest. Du hast mich auf dieser Welt alleingelassen, hast mich zurückgelassen, wusstest, was dies bedeutet für mich. Es war Dein Leben, das weiß ich, und jeder Mensch muss wissen, was er daraus macht, oder aber, wozu er indirekt doch gezwungen wird. Nicht nur das Leben kann unser Schicksal bedeuten, auch wir sind imstande, des Lebens Schicksal zu sein. Auch wir können bestimmen, wann es zu Ende geht. Du hast es bestimmt. Für Dich, und somit auch für uns. Der Schmerz, Dich zu verlieren, war groß, doch größer war die Trauer darüber, dass Du diesen Schritt – tatsächlich Schritt nach vorne - machen musstest. Dass niemand Dir helfen konnte, dass Vater Dich nicht gesehen hat.

Ewig werde ich dieses Piepsen der Maschinen hören, die das Leben, Dich, nur mehr vom Tode trennten, als Du im Spital gelegen hast. Du warst nur noch ein hilfloses Stück Leben, in das der Tod schon längst seine Widerhaken hineingeschlagen hatte. Es war Dein letzter Tag, und er hatte tausende Stunden, wollte, wie Dein Leben, nicht zu Ende gehen. Du aber hast Dich schlussendlich über den Willen Deines Lebens hinweggesetzt. Und dann nahm er Dich mit, der Tod, und zum ersten Mal, seit langem, hast Du zufrieden ausgesehen. Ja, Du warst erst zufrieden, als Du nicht mehr zugegen warst.

Ich bin Dir inzwischen nicht böse, denn heute akzeptiere ich nicht nur Deine Entscheidung, nein, ich kann sie so gut nachvollziehen. Erlösung muss nicht zwangsläufig immer auch gleich Negatives bedeuten.

VI.

Kopfbahnhof

Kopfbahnhof. Wien. Ich habe es erreicht. Setze meinen Fuß auf seine Seele, und wundere mich darüber, dass ich gar keinen Grund unter meinen Füßen spüre. Augenblicklich falle ich in ein Loch, das mich förmlich aufsaugt und sich gleich wieder hinter mir schließt. Schon sitze ich in einer Untergrundbahn, die mich in das Herz der Stadt pumpt.

Irgendwo in dieser Stadt bist Du, wie auch ich es im selben Moment bin. Vielleicht sitzt Du ja sogar im selben Waggon? Der Zug bewegt sich vorwärts, und mein einziger Gedanke ist, ob ich mich in diesem Augenblick zugleich von oder zu Dir bewege. Ich kenne diese Stadt nicht, halte bloß einen Zettel in meiner Hand, auf dem ich mir Deine Adresse notiert habe. Dein neues Zuhause also, das Dir Geborgenheit und Sicherheit bietet, das Dich Deine Vergangenheit vergessen, und

171

Dich an Deine Zukunft nicht denken lässt. Dein neues Heim, Deine vier Wände, die Dich umrahmen, wie Leonardos Bildnis der Dame mit dem Hermelin. Ob Du Dich einsam fühlst an leeren Tagen, die zu schwach sind, um Dich morgendlich, zugleich mit der Zeitung, das Lachen der Sonne vor die Türe zu legen? Ob Du an mich denkst an regnerischen Tagen, die stets die unsrigen waren, stets uns außer Acht ließen, im Wissen, uns nicht stören zu dürfen.

Ich denke an Dich, dachte an Dich, den ganzen Weg hierher, und werde wohl immer an Dich denken, denke ich an diese Stadt und also an den Tod. Würdest Du mich begleiten auf meinem letzten Wege? Würdest Du in der ersten Reihe stehen, ein Wort, mir zu Ehren, sprechen? Wie oft denke ich an meinen Tod, an das Leben – freilich nicht meines, sondern Deines, danach? Würdest Du jemals davon erfahren? Schenktest Du mir das Licht einer Kerze zu Weihnachten? Gäbe es Weihnachten noch für Dich?

Friedhof der Lebenden

In Heversand habe ich Viola kennengelernt. Wie Emil, habe auch mein Mädchen am Strand getroffen. In Erinnerung an sie, an Dich, Viola, habe ich diesen Ort unserer ersten Begegnung aufgesucht, und habe feststellen müssen, dass selbst an diesem Ort Du nicht mehr zugegen bist. Es ist, als suchte ich Dich überall vergebens. An jedem Ort, an jeder Stelle unseres gemeinsamen, viel zu früh verstorbenen Lebens. Sehr wohl wüsste ich, wo ich Dich fände, doch es ist Dein neues Zuhause, es ist Dein Haus, zu dem ich aber leider keinen Schlüssel mehr besitze. Verloren habe ich Dich, obwohl ich doch wüsste, wo ich Dich finden könnte, Dich, in Fleisch und Blut, jedoch niemals Dich, in meinen Gedanken, als Du Dich noch mir versprochen hattest, als die Sonne noch als dritte unsere sich berührenden Hände als stille und heimliche Zeugin berührte.

Wo Du bist, bin ich nie gewesen, und wo ich nie gewesen bin, werde ich den Weg nicht finden...

In Hamburg haben wir gelebt, hier sterbe ich nun einen qualvollen Tod. Hier fehlt die Sonne, im ach so kalten Januar, hier fehlst Du!

Nach Wien hat Dein Weg Dich geführt. Weit, weit weg von mir. Wien, wie ich diese Stadt beneide und hasse. Ich beneide sie nicht um ihre Architektur, beneide sie nicht um ihre Kultur und nicht um ihr verlorenes Meer. Ich beneide sie, wie

173

auch Adam, um Dich! Beneide und hasse sie zugleich - deinetwegen. Du hast sie, wie einst mich, auserkoren. Wien nimmt Dich in seine erdrückenden Arme, verschlingt Dich mit seiner Anonymität. Wien, Friedhof der Lebenden. Seine Straßen und Gassen sind nichts mehr als die Wege zwischen Grabreihen eines Millionenfriedhofes, seine Häuser - Gräber lebendiger Toter und seine Lichter jene auf einem Friedhof zu Allerheiligen. Wien, ein einziges *Bestadtungsinstitut*!

Wien, 2. Februar

Verbrennungstod

Den gestrigen Abend habe ich nur noch schemenhaft in Erinnerung. Ich habe in einem der Innenstadt angrenzenden Bezirk ein Zimmer gefunden, und habe es seither auch nicht mehr verlassen. Ich würde den Weg dorthin auch nicht mehr finden. Es ist der Morgen des 5. Februars, und die Sonne hat sich noch nicht erhoben über der Stadt. Sie wird es tun, denke ich, früher oder später, und verachtend auf uns herabblicken. Die Sonne steht immer über den Dingen, über uns! Sie demütigt uns in jedem Augenblick ihres Daseins, denn stets sind es die anderen, die ihr Haupt nach ihr wenden müssen. Die Sonne ist alt und weise, sie weiß schon was sie tut. Niemals würde sie sich dazu herablassen, sich zu uns, auf den Erdboden gleiten zu lassen. Zu hoch wäre die Rechnung, denn niemand auf Gottes Erden erfreute sich nun des qualvollen Verbrennungstodes.

Augenlose Stadt

Wien hat sich mir mit all seiner Arroganz verschlossen. Fenster, Türen und Menschen verschlossen sich mir gegenüber. Ich weiß nicht, worauf oder auf wen sie warten – nicht jedoch auf mich! Von meiner Existenz wussten sie nicht. Viola scheint mich mit keinem Wort erwähnt zu haben... Wien, augenlose Stadt. Es sieht nichts und niemanden, tastet sich gefühllos voran und erschlägt seine Menschen mit seiner Plumpheit. Diese Stadt ist zu groß für Nähe, Aufmerksamkeit, ja, für Hilfe. Wer nicht aus eigenen Kräften wieder auf die Beine kommt, wird von fremden Kräften frühestens erst dann beachtet, wenn sie einem das Grab schaufeln. Die Menschen hier brauchen Arbeit, wer Hunger hat, schaufelt schon auch mal ein Grab aus. Der Tod erhält so manchen Menschen am Leben....

Lichter im Wasser

Ich bin nach Wien gekommen, um Viola zu sehen, einmal noch ihr nahe zu sein. Vielleicht würde ich sie auch nur beobachten, sie gar nicht ansprechen wollen. Es ist noch kein halbes Jahr vergangen, seit unserer Trennung am 15. September, und doch sind es Jahre für mich. Leere und farblose Tage, die sich aneinanderreihen, zu Wochen und Monaten wurden. Jahre werden vergehen, und ich mit ihnen...

Viola blickte mich damals an, auch ich blickte sie an, als wolle ich mir ihr Gesicht einprägen. Ihre gütigen Augen, ihre glänzenden Haare, alles an ihr. Ihr Blick aber schien sagen zu wollen, dass sie nun gehen werde. Mir – und schließlich unserem gemeinsamen Leben – nun den Rücken zukehren würde. Es sei nichts mehr zu sagen.

An der Brücke, an der wir sooft gestanden, und in Sommernächten die tanzenden Lichter im Wasser gezählt hatten, trennten sich schließlich unsere Wege. Zwei oder drei Schritte hatte sie gemacht, und mich dabei angesehen, ehe sie ihren Blick endgültig abwandte von mir. Lange hatte ich ihr nachgeblickt. Unser gemeinsames Leben wurde mit ihr immer kleiner, bis es schließlich an der Kreuzung verschwand. Ich hatte mich nicht wegbewegt, fror und viele bunte Lichter hatten auch an diesem Tage vergeblich darauf gewartet, im Wasser gezählt zu werden...

Tote Taube

Viola wieder zu sehen, das war meine Motivation, als ich von Hamburg in den Zug nach Wien stieg. Sosehr ich dieses Vorhaben verwirklichen wollte, und Wien als die einzige Möglichkeit dazu sah, sosehr erkannte ich nun, dass es gerade in Wien am unmöglichsten sei, Viola noch einmal gegenüberzutreten. Diese Stadt hat nichts zu tun mit Viola und mir, ist mir fremd wie ich es für sie bin. Hier wäre es mir unmöglich, Viola zu sehen, sind wir selbst doch schon einander so fremd gewesen am Schluss und nun noch viel mehr.

Nein, werde ich sie noch einmal sehen, dann nicht in dieser Stadt, die sie auf- und mir somit genommen hat. Sie ist wie das Meer, das Mareen verschlang. Mein Mädchen hat sie in ihrer Gewalt.

Ich werde dieser Stadt nicht die Genugtuung geben, mich höhnisch zu verspotten, aus mir einer ihrer unzähligen Tauben zu machen, die gegen eine Fensterscheibe fliegen und verletzt in die Tiefe stürzen, um dann auf elendigste Weise zu verbluten.

Wien, Leopoldsberg, 3. Februar

Ein kleiner Punkt

Ich habe Violas Brief, den ich in diesem Buch stets mit mir trug, nun doch geöffnet. Vielleicht, um sie dadurch endlich in mir sterben lassen zu können. Vielleicht aber auch, um nichts zurückzulassen auf dieser Welt...

Auf einer alten Bank am Rande Wiens sitze ich, auf dem Leopoldsberg, von wo aus man einen sehr schönen Blick über Wien hat, wie man mir verriet, und es war nicht gelogen. Und ich sehe nicht nur auf Wien, nein, sondern plötzlich noch viel, viel weiter - auf mein ganzes Leben!

Viola wolle zurück zu mir, hat sie geschrieben. Ob ich ihr verzeihen könne? Sie sei in Hamburg, in der ersten Woche des Februars. Es war ein lieber

178

Brief, irgendwie. Vorhin hat ihn mir der Wind aus den Händen gerissen, und ihn zum Tanze über den Weinbergen Wiens aufgefordert. Ich kann ihn noch sehen, diesen kleinen weißen Punkt, der nach und nach verschwindet in meinem Leben. Ich kann ihn sehen, wie er mich sieht. Ein auch immer kleiner werdender Punkt auf einer alten Bank vor einem Kloster. Immer kleiner werdend, immer unbedeutsamer. Ein bewegungsloser Punkt, dem zum Tanzen die Leichtigkeit fehlt und zum Leben das Herz.

Kraftlos

Ich laufe am Strand, entlang des Meeres, laufe und laufe und meine Hosenbeine sind nass vom Salzwasser, das immer wieder schneller ist als ich, sich an meine Fersen heftet. Mein Blick schweift über das Meer, bleibt hängen an einem kleinen, herrenlosen Fischerboot. Das Meer spült Birkenblüten an den Strand, und verblasste Leuchtturmstrahlen. Ich laufe vorbei an einem Grabstein mit der Inschrift *Dem Meere hörig – dem Meere gehörend*, blicke auf das weite Meer hinaus, und sehe gelbe Gummistiefel an der Oberfläche schwimmend. Für einen Augenblick bleibe ich stehen. Es ist, als bliebe ich stehen, um dem Meer einen Schrei einer zu Boden stürzenden Frau und das Wimmern eines gebrechlichen Mannes zu entlocken, ehe ich diese vergrabe im nassen Sand, um darauf einen Leuchtturmziegel als Grabstein zu setzen, der mein Innerstes durchleuchtet, ausleuchtet und schließlich mit seinen brennenden Lichtblitzen verbrennt. Ich habe keine Kraft mehr. Keine Kraft mehr, um am Ufer entlangzulaufen oder auch nur zu knien, ja, nicht einmal mehr die Kraft, um ans Leben zu glauben!

Fremdkörper

Ich kann keine Freude verspüren, spüre überhaupt nichts mehr, bin innerlich leblos, beginne von innen heraus abzusterben. Ja, es geht vielleicht doch nicht einmal mehr alleine um Viola. Vielleicht war es gut so, dass sie gegangen ist. Wie sollte ich für Viola da sein, wenn ich doch nicht einmal mit mir selbst zurechtkomme? Wir waren Frau und Mann in einem sinkenden Boot mit nur einer Schwimmweste. Frauen zuerst! Wie zwei Menschen mit einem gemeinsamen Herzen waren wir, Viola und Jan. Viola hat das gemeinsame Herz mitgenommen, Jan hat keinen Herzschlag mehr in sich.

Da liegt mein bisheriges Leben hinter, und auch das bisschen Leben, das mich vielleicht nur mehr erwartet, vor mir! Ja, tatsächlich liegt es vor mir, aufgebahrt, wie auf einem Totenbett. Nie hatte es die Kraft, sich zu erheben, beide Füße auf den Boden zu stellen, und mit aller Kraft einfach nur zu weinen, zu lachen oder aus vollen Kräften zu schreien. Nie hat es seine Arme um mich geschlossen, und mir die Wärme gegeben, die ein Mensch in seinen kalten Lebensjahren bräuchte. Nie hat es sich so verhalten, als gehöre es zu mir oder ich zu ihm...wir zueinander. Es behandelt mich wie einen Fremdkörper, den es von sich abstößt. Ohne Leben bin ich nichts, doch ohne mich gibt es auch dieses Leben nicht. Emil ist wieder einmal zugegen, will zu mir, *aus mir* sprechen. Emil. Auch ihm war es nicht vergönnt, vom Bette aufzustehen. Er wurde geboren in seinem Totenbett und er hat es nie verlassen...war vom Tag seiner Geburt an bettlägerig, wie auch ich es bin. Zu viele Schläuche und Maschinen hängen an mir, um mich aufstehen lassen zu können. Schläuche, die mich beatmen, mir abgestandenes Leben einhauchen, Maschinen, die mein Herz mit Gewalt zum Schlagen bringen doch meine Seele in Tiefschlaf versetzen.

Der Untergeher (bezeichnender Weise)

Heute Morgen war ich in Grinzing, beim Grabe Thomas Bernhards und habe hernach *mein* letztes Thomas-Buch in der Innenstadt gekauft und im *Café Bräunerhof* in einem Stück ausgelesen. Wäre schade darum gewesen...

VII.

Endlich

Nach langer Reise bin ich endlich am Ziel angelangt. Eine lange Reise durch mein Leben. Ich habe den Nachtzug von Zug nach Hamburg genommen und bin weitergereist, nach Heversand. Ob eine zweite Schiene hierher führt?
Tatsächlich habe ich den Weg nach Wien angetreten, um Viola zu sehen, die sich zur selben Zeit in Hamburg aufhielt. Ich hätte den Brief natürlich schon im Jänner öffnen können, hätte somit von ihrer Ankunft in Hamburg wissen können, doch ich glaube, es sollte so sein. Hamburg und auch Wien sollten nicht der Ort des Wiedersehens gewesen, und ich glaube, es gibt ihn überhaupt nicht, diesen Ort. Gemeinsam hätten wir keinen Boden unter Füßen, würden nicht schweben über den Dingen, den Tatsachen, sondern in die endlose Tiefe stürzen.

Viola hat auf meine Kurznachricht geantwortet, und mir zu einem Treffen hier in Heversand zugesagt. Sie betonte in ihren Zeilen an mich nochmals, dass es ihr sehr wichtig sei, mich zu sehen, und dass sie sich nun über vieles im Klaren sei, endlich. Doch dieses *endlich* fängt doch auch wieder nur mit einem *Ende* an...

Auch ich habe endlich gelernt! Zwar nicht zu leben – zumindest aber zu *sein*.
Ich könnte nun natürlich gelassen sein...oder aber mich einfach auch nur sein lassen...

Heversand, 6. Februar

Wiedersehen mit geschlossenen Augen

Heute ist der Tag des Wiedersehens. Wenn auch nur in Gedanken. Feen sieht man nur mit geschlossenen Augen, ich weiß, Mutter! Ich habe heute zum alten Matrosenfriedhof geschaut, wollte das Grab des alten Theodors suchen. Gefunden habe ich es nicht, stattdessen aber eine kleine Menge alter, verfallener Holzkreuze. Sein Name wird wohl irgendwann einmal auf einem dieser gestanden haben, dachte ich. Am Weg hinaus stieß ich auf das Grab des Frederik, jenes Grab, an das sich Emil zurecht erinnerte. Vielleicht aber war es auch ein ganz anderer Frederik...Ich habe dennoch meine Blumen – stellvertretend sozusagen - auf sein Grab gelegt.

Auch am Grabe Emils bin ich gewesen. Doch stand ich vor einem eigentlich leeren Grab. Emil ist nicht tot, dachte ich, spürte ich ein weiteres Mal. Er liegt nicht hier, mir zu Füßen, in diesem Grab. Seine Stimme hallt in mir – ja, sie *hallt*, denn auch mein Innerstes ist nichts weiter als ein leeres, hungriges und nicht zu sättigendes Grab. Wie oft habe ich vor einem offenen Grab gestanden, mit einer letzten Rose in der Hand, einem leeren Sarg nachschauend?

Ich wollte – musste - Dich, Mutter, Dich, Vater, begraben darin, wollte abschließen mit Euch, mit dem Gedanken an Euren Tod, um an mein Leben denken zu können, doch ihr lässt Euch nicht begraben! Ihr entflieht der dunklen Ewigkeit, heftet Euch mit letzter – nicht zu unterschätzenden – Kraft an mich, krallt Euch in mein Leben, mit Euren abgestorbenen Fingernägeln. Ihr wollt nicht sterben, dürft nicht leben. Ich darf noch nicht sterben, will nicht leben. Ihr nagelt Euch an meine Gedanken, nur, um nicht vergessen zu werden, doch tötet auch mich dadurch. Langsam, viel zu langsam jedoch...

Auch Du, Viola, lässt Dich nicht begraben, wehrst Dich mit aller Kraft, steigst in Deinem erdverschmierten Kleidchen wieder aus dem Grab. Ich will nicht weiterleben mit Dir, doch auch nicht ohne Dich!

Meine Vergangenheit überrollt mich, lässt mich halbtot am Wegesrand liegen und erreicht das Ziel vor mir. Sie ist somit auch meine Gegenwart und Zukunft, schenkt mir Bilder, Erinnerungen, Stimmen längst Verstorbener. Ich blicke zurück und nach vorne, doch stets blicke ich in ihre Augen.

Auch Dich, Viola, kann ich sehen. In eben diesem weiß-roten gebatiktem Kleid. Mit an der Schulter zusammen geknöpften Trägern. Mit Deinen langen Haaren, die Dir immer irgendwie im Wege und aber doch Dein ganzer Stolz waren. Ich sehe Dich mit Deinen Jeans, die an beiden Knien Löcher haben, und sehe Deine Knie, auf denen Du Zeichnungen mit einem Kugelschreiber gekritzelt hast. Ich sehe Fotos längst vergangener Tage und sie sehen mich an. Ich lächle in die Sonne, wenn ich an Dich denke, und auch sie lächelt, weil auch sie an Dich denkt.

Ich schaue in die Vergangenheit, und auch sie

schaut mich an, mit verweinten Augen.

Sehe ich aber in die Zukunft, hat sie ihre Augen geschlossen. Ob sie noch an Feen glaubt?

Zwischen Ebbe und Flut

Viola, ich habe Dir geschrieben, Dich hier, am Strand von Heversand, an unserem Strand, treffen zu wollen, weil genau hier alles angefangen hat. Hier soll sich der Kreis nun auch wieder schließen...

Wir sind wie Ebbe und Flut – beide sind voneinander abhängig, und doch ist es unmöglich, sie zu vereinen.

Nördlich von Eiderstedt fließt ein Gezeitenstrom durch das Wattenmeer Nordfrieslands: der Heverstrom. Er ist nicht Ebbe und nicht Flut, lässt dennoch Wasser durch das Wattenmeer fließen, wie Blut durch unsere Adern. Er verbindet Husums Hafen mit der offenen Nordsee, wie unser Herz mit dem Gehirn...Ich glaube, wir sind wohl genau wie dieser Heverstrom: nicht Ebbe, nicht Flut, nicht Herz nicht Hirn, nicht Leben, nicht Tod, und doch - es gibt uns!

187

Das andere Ende des Lebens

Meine Aufzeichnungen enden hier, denn hier und heute werde ich dieses Buch auf seine weitere Reise schicken – zu Dir! Ich habe es hier, an dieser Stelle, hinterlegt, mit einem Stein beschwert. Ihr werdet einander finden...

Wohin meine weitere Reise mich führt? Ich treibe mit meinem namenlosen Schiff auf dem Lebensmeer. Das Licht des Leuchtturms am Ufer des Lebens endet in der Nacht. Ich sehe einen Tunnel, am Ende des Lichts. Mein Schiff steuert auf ihn zu, bewegt sich weg von hier, von Dir und schließlich von mir! Dorthin, wo man von uns nichts weiß - zum anderen Ende des Lebens...

Jan

Seele, tiefblau,
tropft in das Herz.
Ende des Lebens.
Anfang März.

Blau ist Tropfen
Herzblut ist rot.
Lila ist alles.
Alles ist tot.

Unser Grab

Lange habe ich auf Dich gewartet, Jan. Du lässt mich in Ungewissheit über Dich? Wo bist Du? In welcher Welt kann ich Dich finden? Warst Du am Strand? Hast Du mich etwa beobachtet? Als ich zum Ufer von Heversand kam, wurde ich von rauschendem Meer begrüßt. Heute, nachdem ich dieses Buch gelesen habe, hinterlässt es den Eindruck in mir, als hätte es damit Deine Rufe nach mir übertönen wollen...

Ich hatte das Gefühl, Deine Blicke zu spüren, habe Deinen Namen wieder und wieder gerufen, vergeblich nach Fußspuren im Sand gesucht. Dieses Buch, mit seinem Stein, auf dem nicht mein, sondern Dein Name darauf stand, erinnerte mich an ein Grab. Genau dies soll es wohl auch sein - oder? Ein Grab für Dich - für uns! Ein Grab, in das Du Dein bisheriges Leben begraben hast, um wieder leben zu können. Ein Grab, in das Du mich lebendig begräbst, in Ungewissheit und Reue gebettet. Ein Grab, in dem ich auf Dich warten werde...

Salz

Ich habe wohl kein Recht mehr. Kein Recht, mich zu rechtfertigen, kein Recht, als fühlender Mensch angesehen zu werden, kein Recht mehr, auf Deine Aufmerksamkeit zu hoffen. Ich habe Dir weh getan, Jan, und das wollte ich nicht. Doch es ist passiert. Aber, wie es so schön heißt, von nichts kommt nichts. Dies soll freilich keine Rechtfertigung sein, denn was ich getan habe, ist nicht zu entschuldigen, doch es war ja doch nur die Spitze des Eisberges. Wir sind immer in einem Boot auf der Meeresoberfläche geschwommen, ohne einmal unter den Meeresspiegel zu tauchen. Dann nämlich hätten wir ihn gesehen, den Eisberg, das Eis, das unsere Beziehung einfror, der Keil, der unsere zusammengewachsenen Herzen spaltete und schließlich tötete.

Wir scheuten das salzige Meereswasser, scheuten das nasse Salz auf unserer Haut, nur um hernach im salzigen Tränenmeer zu ertrinken. Was blieb ist nasses Salz auf toten Lippen.

Drei Boote am Horizont

Ein Fischerboot, getauft auf den Namen *Mareen* oder auch *Tod*, ward verschluckt vom Meer wie ein Stein. Sein Steuermann, Emil, ist jämmerlich ertrunken in den Wellen des Salzes und des Leides.

Ein anderes, *Viola* oder auch *Verlassen,* genannt, erlitt dasselbe Schicksal, doch ging es unter, als wäre es mit einem Felsen beladen. Jan, sein Steuermann, wurde während seines Kampfes gegen das Ertrinken schließlich von Haien zerfleischt.

Ein drittes Boot, *Jan* heißt es, oder *Ungewissheit* treibt am Meer, doch gibt es weder Ruder noch Segel. Auf ihm treibt hilflos eine Frau, Viola, dem Horizont und der Ungewissheit entgegen. Sie lebt und weiß dennoch, dass sie wahrscheinlich eines qualvollen Todes des Verdurstens sterben wird.
Ob sie gerettet wird liegt in den Sternen, die schweigend sie am Himmel verspotten.
Vielleicht wird sie noch einmal aufgehen über ihr, die Sonne, denkt sie, und hofft es zugleich aber nicht, denn ihre Strahlen bohren sich wie Nadeln

schmerzvoll in ihr Fleisch, wie in eine Voodoo-Puppe. Doch dann geht der Mond auf über dem Meer, ganz langsam, wie es nun auch ihre reuevolle Vergangenheit in ihren Gedanken ihm gleichzutun versucht, und sie hat kaum noch Kraft, Lebenskraft, und doch noch zu wenig Willen, *Sterbenswillen.* In diesem Moment übermannt sie der Hunger, doch wird sie selbst gerade bei lebendigem Leibe vom Neid zerfleischt, aufgefressen. Vom Neid über Emil und Jan, vom Neid über die, wenn auch qualvoll aber doch, in Gewissheit Gestorbenen, vom Wunsch, selbst endlich einfach nur sterben zu dürfen...

Meeresblickgräber

Drei Boote am Horizont. Da, wo Tod und Leben einander die Hände reichen, wohin das Licht des Leuchtturms nicht mehr reicht, wo selbst der Himmel seine Grenze erlebt.
Der Horizont, das Ende? Das scheinbare Ende nur! Ein Ende, das immer ein kleines Stück zurückweicht, will man sich ihm nähern. Ein unerreichbares Ende, scheint es, doch was, wenn die Erde doch nur eine Scheibe ist?

Drei Boote - sie werden wohl irgendwann einmal, wenn die Ebbe gerade unachtsam ist, mit der Flut an Land gespült werden. Aus ihren Holzbrettern wird ein alter Fischer mit zittriger Hand Kreuze bauen - für die vom Leben Getöteten und vom Tode Belebten. Er wird sie liebevoll bemalen in grüner und roter und weißer Farbe, damit sich das Salz des Meeres nicht so schnell in das Holz fressen kann, wird sie hernach tief in den Dünensand stecken, die Kreuze der Meeresblickgräber, sodass sie ja standhalten - dem Wind und den Fluten, den Erinnerungen.

Heverstrom

Ich glaube, Jan, wir sind tatsächlich sowie dieser Heverstrom...
Er ist abhängig von den Gezeiten und doch auch unabhängig, denn, nur, weil er bei Flut nicht zu sehen ist, gibt es ihn freilich doch...
Das zu Sehende ist nur ein Bruchteil des tatsächlich Existierenden, wie wir wissen.
Ja, wir sind dieser Heverstrom, aber nicht, weil er weder Ebbe noch Flut ist, sondern weil er eben genau diese verbindet! Wir sind das Bindeglied zweier scheinbar nicht zu vereinbarenden Welten.

195

Das Bindeglied von Festland und Meer, Ebbe und Flut, Jan und Viola!
Und eben diese Gemeinsamkeit wiederum verbindet uns. Ja, wir selbst sind der, unser Leben durchquerende, Heverstrom...

Viola